»Vierzehn Tage« erzählt eine Episode aus dem Leben eines Mittvierzigers, der in Berlin lebt und bei der Postsortierstelle arbeitet. Er hat zwei Wochen frei und weiß nichts mit sich anzufangen. Also lässt er sich treiben, trifft Bekannte, fährt ein paar Tage aufs Land und beginnt eine Affäre mit einem jüngeren Spanier. Seine ständigen Begleiter sind Erinnerungen an frühere Zeiten: an das Westberlin der 80er, an alte Ideale und Kämpfe, an eine Jugend, die hinter ihm liegt.

In »Vierzehn Tage« widmet sich Holger Brüns dem Älterwerden. Er geht den großen und kleinen Fragen nach, die das Vergehen der Zeit aufwirft: Was ist aus dem Leben geworden, von dem ich einmal geträumt habe? Was geschieht mit mir, während sich die Welt um mich herum verändert? War's das jetzt? Und werde ich jemals meine Küche renovieren?

*Holger Brüns* arbeitet als Regisseur für das Theater, für Puppentheater und als Tanzdramaturg. Mit der Lesebühne »Berliner Breitbandkommunikation Wort und Sinn« bringt er Literatur auf die Bühne und veröffentlichte als Herausgeber 2010 das Buch »Olfen – Reise ins internationale Freundschaftslager« sowie zuletzt im Verbrecher Verlag »Das Oderbruchbuch«.
Siehe: www.holgerbruens.de

HOLGER BRÜNS

# VIERZEHN TAGE

Sommernovelle

VERBRECHER VERLAG

Erste Auflage
Verbrecher Verlag Berlin 2019
www.verbrecherei.de

Satz: Christian Walter

ISBN: 978-3-95732-378-1

Printed in Germany

*Der Verlag dankt Laura Lo Conte, Chandra Esser,
Clara Funk, Magda Hirschberger und Till Tannhäuser*

Schlohweißer Tag / Du bist so jung ergraut /
Schlohweißer Tag / Ich fühl mich hohl in meiner Haut /
Schlohweißer Tag / Du leeres Blatt Papier /
Schlohweißer Tag / Was fang ich an mit mir.

*Silly*

Zusammenleben: vielleicht nur, um sich gemeinsam
gegen die Trostlosigkeit des Abends zu wappnen.
Fremde sein, das sind wir unvermeidlich, notwendig,
das ist wünschenswert, außer wenn der Abend hereinbricht.

*Roland Barthes »Wie zusammen leben«*

Wenn wir eine Perspektive wiedergewinnen möchten,
müssen wir die vage Feststellung, dass diese Welt
nicht mehr fortbestehen kann, mit dem Wunsch verbinden,
eine neue zu errichten.

*Unsichtbares Komitee: »An unsere Freunde«*

# 1

Sommer. Der rote Strich auf dem Thermometer am Fenster schob sich seit ein paar Tagen regelmäßig über die Dreißig-Grad-Grenze. Zehn Uhr. Urlaub. Eine Tasse Kaffee vor sich, saß er am Küchentisch und sah sich in seiner Küche um. Das Geschirr, Schüsseln und Töpfe waren in offenen Umzugskartons gestapelt. Essig, Öl, verschiedene Gewürze und ein paar Zwiebeln lagen in einem alten Korb. Auf einem Tapeziertisch stand eine Kaffeemaschine, lag ein halbes Brot. Die Regale waren abgenommen, eine Wand bereits gestrichen, umso deutlicher hob sich das Gelb der anderen Wände davon ab. Wie war er bloß auf die Idee gekommen, ausgerechnet im Urlaub die Küche zu renovieren? Er hatte keine Lust mehr. Schon gestern hatte er die Eimer mit Farbe, Pinsel und Rolle nicht angerührt. Und da er vor zwei Tagen alles einfach liegen gelassen hatte, war die Rolle nun steinhart getrocknet. Er würde noch einmal in den Baumarkt gehen und eine neue Rolle kaufen müssen.

Als er letzte Woche die Farbe im Baumarkt kaufte, hätte er da nicht schon merken müssen, dass das alles ein Irrtum war? Er hatte sich gefreut, endlich mal wieder etwas für seine Wohnung zu tun. Drei Wochen Zeit, das sollte reichen für etwas weiße Farbe und einige kleine Ausbesserungen. Er war mit Martin in den Baumarkt gefahren. Sie suchten einen Verkäufer, und er fragte nach einer guten und günstigen Farbe. Da hätte er es merken können. An der Gegenfrage des Verkäufers. Nein, Unsinn. Die Frage war prima. Die Frage war genau richtig. Das Problem war, dass er keine Antwort darauf wusste. Der Verkäufer fragte: »Einzug oder Auszug?«

Er hätte nach Hause gehen sollen und nachdenken, bis er eine Antwort darauf wusste. Stattdessen antwortete er: »Nein, nein, ich wohne da schon zehn Jahre und das ist jetzt einfach mal fällig«, und merkte selbst, dass dies keine befriedigende Antwort war. Der Verkäufer hatte mit den Achseln gezuckt und gesagt: »Na dann nehmen Sie die hier, damit machen Sie nichts falsch.«

Irgendetwas hatte er wohl doch falsch gemacht. Jetzt saß er da mit der angefangenen Renovierung, hatte schlechte Laune und keine Lust mehr. Er stand auf, spülte einen Teller ab, trank im Stehen den letzten Schluck Kaffee, stellte die Tasse neben die Kaffeemaschine und ging zur Tür. Im Hinausgehen griff er noch ein Buch vom Regal. Er zog die Wohnungstür hinter sich zu, drehte den Schlüssel zweimal im Schloss und warf ihn, ohne zu zögern, durch den Briefschlitz zurück in die Wohnung. Dann ging er summend die vier Treppen hinunter auf die Straße.

Das kleine Café um die Ecke lag noch im Schatten, dort war es angenehm kühl, nur ein Tisch vor der Tür besetzt, alle anderen Tische waren frei. Er setzte sich auf die Bank, die Bedienung stand in der Tür: »Cappuccino?«, fragte sie. Er nickte. Als sie mit der Tasse kam, fiel ihm ein, dass es heiß und dass Kaffee keine ausreichende Flüssigkeit war und dass man viel trinken sollte, daher rief er der Kellnerin hinterher: »Äh, Entschuldigung, kann ich noch ein Bitter Lemon haben.« Er las in seinem Buch, als sie die kleine Flasche und ein Glas mit Eiswürfeln brachte. Sie blieb einen Moment stehen, und als er aufschaute, lächelte sie. Vielleicht war ihr langweilig, viel zu tun hatte sie mit den drei Gästen nicht. Er schaute wieder in sein Buch, las drei Sätze, ohne sie zu verstehen, klappte es dann zu und sah hin zur Straße. Wenig Verkehr, kaum Fußgänger, von den wenigen kannte er manche vom Sehen.

Er stand auf, ging zum Tresen und suchte sich aus den Tageszeitungen, die dort auslagen, eine aus. Zeitung ging immer. Die große weite Welt und das kleine Berlin, bisschen Kultur und Wirtschaft. Nur Sport ließ er jedes Mal aus. So war er für zwanzig Minuten beschäftigt. Dann schaute er wieder auf die Straße. Das Paar am anderen Tisch war gegangen, jetzt setzten sich drei junge Männer, orderten Espresso, Latte, Cortado und Wasser. Bald redeten sie über Demo, Promo, Producer und Plattenvertrag. Sie sprachen laut, er hörte zu. Zuerst, als sie von »Demo« sprachen, dachte er, es handle sich um eine Demonstration, die vorzubereiten war. Dann begriff er, worum es wirklich ging und musste innerlich lachen, weil er sich altmodisch vorkam, bei dem Wort »Demo« zuerst an etwas Politisches zu denken und nicht an einen Plattenvertrag. Wahrscheinlich hieß das nicht mal mehr Plattenvertrag.

Er wäre jetzt gerne nach Hause gegangen. Vielleicht hätte er sogar die zweite Wand gestrichen. Aber er hatte den Schlüssel durch den Briefschlitz geworfen. Vor einer Stunde war ihm das gut und richtig vorgekommen. Jetzt hielt er es für eine dumme Idee. Sich den Rückzug auf bekanntes Gebiet zu verbieten, hieß nicht automatisch, dass man etwas Neues finden müsste. Die Geschichte von dem Mann, der zum Zigarettenkaufen aus dem Haus ging und nie wiederkam, war verlockend, doch eben auch ein Märchen, ähnlich wie Rotkäppchen und der Wolf. Im Märchen finge jetzt ein ganz neues Leben für ihn an.

Er hatte Urlaub, ganze vierzehn Tage noch. Niemand wartete auf ihn. Er hatte Ausweis und Geld in der Tasche, die Scheckkarte und Geld auf dem Konto. Er konnte einfach gehen. Aber wohin? Und was, wenn sein Urlaub zu Ende war? Käme er zurück? Würde er den Job einfach schmeißen? Und wenn das Geld alle wäre?

Unter einer Brücke in Paris schlafen? Alles Blödsinn. Das funktionierte so nicht. 40 Jahre lang war alles gut gewesen. Er brauchte nicht viel, es hatte immer gereicht. Er schaute, was auf ihn zukam, und nahm, was ihm gefiel und Spaß machte. Auf einmal kam nichts mehr auf ihn zu. Oder es gefiel ihm nicht. Oder es machte keinen Spaß. Wenn das die Midlife-Crisis war, war sie langweilig. Er konnte sich nicht vorstellen, dass die meisten Männer in seinem Alter so etwas durchlebten. Vor allem konnte er sich nicht vorstellen, dass das etwas mit seinem Alter zu tun hatte.

Er hörte wieder den Männern am Nachbartisch zu. Jetzt ging es um Pläne fürs Wochenende. Im Lido fand ein Konzert statt, danach raus zum See, und anschließend in diese neue Bar, die der Jens mit seinen Kumpels aufgemacht hatte. Er stand auf und zahlte am Tresen. Er gab wie immer ein gutes Trinkgeld, obwohl sein Stundenlohn kaum höher sein konnte als der, den man hier verdiente. Das Lokal lief gut. Abends war die Bar gerappelt voll.

Das Tagesgeschäft war für die Nachbarschaft. Das, fand er, war unterstützenswert. Später kamen die Touristen und junge Leute aus anderen Bezirken. Das reizte ihn nicht. Er hatte es ein paarmal versucht. Er fühlte sich dann fremd in seinem Kiez. Deshalb kam er hier nur her, um seinen Cappuccino zu trinken und die Zeitung zu lesen.

Er war schon fast an der Straßenecke, als die Bedienung hinter ihm herrief: »Du hast dein Buch vergessen!« Kurz überlegte er, ob er einfach winken sollte, »Behalt es« rufen und weitergehen. Aber dann lief er doch zurück und nahm das Buch pflichtbewusst und dankend entgegen.

Als er auf die große Straße einbog, schlug ihm Sonne und Hitze entgegen. Autos, Fahrräder, Fußgänger auf dem Bürgersteig. Vor der Sprachschule standen Gruppen junger Spanier, Griechen, Italiener. Er ging am türkischen Supermarkt vorbei, Obst und Gemüse in großer Auswahl. Den Verkäufer, der danebenstand, kannte er seit zehn Jahren, es hatte allerdings nie den Moment gegeben, an dem man sich zu grüßen begonnen hatte. So schauten sie sich auch jetzt nur ausdruckslos an. Dann über die Ampel auf die schattige Seite der Straße, hier war ebenfalls ein türkischer Supermarkt, vorbei an Apotheke, Döner und Woolworth, über die Kreuzung und dann zu Karstadt. Er stand eine Weile bei den Büchern, schaute auf die immergleiche Auswahl an Bestsellern und gängigen Titeln. Manches schien ihm interessant, doch kaufte er nichts, sondern legte das Buch, das er immer noch in der Hand trug, auf einem der Tische ab, ging weiter, fuhr mit der Rolltreppe hinauf in den ersten Stock und schaute bei den T-Shirts und Pullovern nach Sonderangeboten. Auch dort war nichts, was ihn interessierte. Er schlenderte durch die Etage und fuhr am anderen Ende wieder mit der Rolltreppe hinunter bis zur Lebensmittelabteilung im Untergeschoss, ging über verschiedene Treppen durch den U-Bahnhof, tauchte auf der anderen Seite der Straße wieder auf. Von hier waren es nur ein paar Schritte bis zur Filiale einer Baumarktkette.

Er war lange unschlüssig, ob er ein Set mit Pinseln und Rolle kaufen sollte oder nur eine Rolle, die fast genauso viel kostete wie das gesamte Set. Er entschied sich für die Rolle, Pinsel hatte er wirklich genug. An der Kasse überlegte er, ob er die Rolle jemals benutzte, ob er wirklich die Küche weiter streichen würde. Er wartete kurz auf eine Eingebung. Lauschte auf die Werbejingles aus den Lautsprechern. Es zeigte sich: kein einfacher Weg zu einem anderen Leben. Also bezahlte er die Rolle und stand mit einer kleinen Tüte in der Hand wieder vor der Filialentür.

Er setzte sich auf die Treppe und beobachtete die Menschen, die mit Zollstöcken in der Hand den Baumarkt betraten oder mit Brettern, Regalen und Farbeimern beladen zu ihren Autos gingen. Dazwischen andere, die, eine kleine Sporttasche über der Schulter, mit dem Fahrstuhl ins Fitnessstudio im dritten Stock fuhren. Alle schienen beschäftigt. Nur vor der Currywurstbude ein paar Meter weiter saßen drei Männer mit langen Haaren beim Bier.

Die Hitze wurde größer. Die Sonne kroch langsam, doch unaufhaltsam auf seinen Treppenplatz zu. Als die ersten Strahlen sein linkes Bein erreichten, stand er auf und ging in den Park nebenan.

Auf den Wegen lungerten einige Dealer. Einer sprach ihn an: »Willst du was kaufen?« Er schüttelte den Kopf und dachte einige Schritte später: Warum eigentlich nicht? Er ging allerdings weiter und wurde nicht mehr angesprochen. Auf der Wiese, die als Tuntenwiese bekannt war, legte er sich ins Gras. Einzelne Männer lagen fast oder ganz nackt auf großen bunten Handtüchern, ein Pärchen hatte ein ganzes Picknick auf einem roten Tuch ausgebreitet. Eine Gruppe saß neben ihren Fahrrädern und ließ einen Joint kreisen. Eine Zeitlang verfolgte er ihr Tun, schaute schließlich in den Himmel und schloss nach einer Weile die Augen. Die Sonne brannte, und er genoss es, wie die Hitze durch seinen Körper strömte. Lange war es nicht auszuhalten. Bald floh er in den Schatten.

Wieder sah er sich um. Der Hautfarbe nach zu urteilen, hatten die meisten hier bereits viel Zeit auf dieser Wiese verbracht. Manche schienen sich zu kennen, wanderten herum, setzten sich mal zu dem und mal zu jenem. Es war jedoch niemand dabei, der ihn interessierte. Als er sich zurückfallen ließ und wieder in den Himmel starrte, bemerkte er, dass diese friedliche Idylle ihm schlechte Laune machte. Auch der Anblick von grünen Blättern und blauem Himmel konnte das Wohlbefinden von eben nicht zurückholen. Plötzlich verspürte er Lust, die Küche fertig zu streichen. Auf einer Wiese liegen und in den Himmel starren, das war nur leere Zeit. Davon gab es viel zu viel in seinem Leben. Er begann zu überlegen, wie er wieder in seine Wohnung kommen könnte. Martin hatte einen Schlüssel, aber der war noch auf Arbeit. Er könnte ihn später anrufen. Über diesem Gedanken schlief er ein.

Er träumte von einem Puzzle:

Der Blickwinkel merkwürdig. Schräg über einen behaarten Unterarm hinweg – er vermutet, dass es sein eigener ist – liegen die Hände in perspektivischer Verzerrung auf dem Tisch und schieben Puzzleteile hin und her. Die Teile passen zusammen, schnell entstehen kleine Inseln, es ergibt sich allerdings kein Bild. Es könnte ein Körper sein, der auf einem grünen Untergrund abgebildet ist, aber ein Bein setzt an der Schulter an, die Finger der Hand weisen in verschiedene Richtungen, der Daumen ragt aus dem Handrücken, dazwischen grüne Flecken und der Kopf fehlt ganz ...

Als er aufwachte, hatte sich die schlechte Laune in Traurigkeit verwandelt. Sie lag schwer auf ihm. Er schloss noch einmal die Augen, doch er konnte nicht wieder einschlafen.

Ein Mann schob ein Fahrrad über die Wiese, behängt mit verschiedenen Kühltaschen. Vorne, in einem Korb, der am Lenker befestigt war, stand eine große Thermoskanne. Bei diesem Mann kaufte er Wasser und Kaffee. Er blies auf den Kaffee, der erstaunlich heiß war, und nahm den ersten Schluck. Der Kaffee war nicht besonders, aber okay. Nun kam der Ärger zurück. Er ärgerte sich über sich selbst. Wieso trank er bei 34 Grad im Schatten heißen Kaffee? Ein Bier hätte er kaufen sollen. Nein, besser gleich zwei. Er wollte, dass sich die Bilder in seinem Kopf zu einem Bild zusammensetzten. Oder Bewusstlosigkeit. Da hätte Bier geholfen. Doch selbst dafür war er zu vernünftig. Er schlürfte seinen Kaffee und überblickte die Wiese. Wieder nahm ihn graue Unzufriedenheit ein.

Als der Kaffeebecher leer war, stand er auf, warf den Becher in einen Mülleimer und setzte sich erneut in die Sonne. Die Hitze schlug sofort an, die Haut war schnell mit einem dünnen Film aus Schweiß überzogen. Er streckte sich auf der verbrannten Wiese aus, die Grashalme pieksten, Sand und Krümel klebten an der nassen Haut. Das wohlige Gefühl wollte sich nicht wiedereinstellen.

Er verließ den Park. Am Hermannplatz kaufte er Zigaretten und ein Feuerzeug und setzte sich auf eine der niedrigen Waschbetonmauern, die den Platz von der Straße abteilten. Manchmal querte er diesen Platz drei- bis viermal täglich. Er kannte ihn zu jeder Tages- und Nachtzeit. Der Hermannplatz war nicht schön. Trotz aller Versuche der Marktbetreiber, den Aufenthalt auf diesem Platz attraktiver zu gestalten, saßen weiterhin vor allem die Alkis und Junkies auf den Mauern. In ihrer Mitte die alte Frau mit dem Kopftuch, die Blumensträuße aus ihrem Garten verkaufte, je nach Saison, Tulpen, Phlox und Rittersporn, Dahlien und Herbstastern.

Dazwischen nun er. Er betrachtete die Säule in der Mitte des Platzes. Zwei unförmige längliche Quader, in denen die Stromanschlüsse für den Markt versteckt waren. Darauf eine gedrungene weiße Säule, auf der ein goldenes Paar tanzte, so glatt, glänzend und funktional, wie die 80er nie gewesen sein konnten. Am Gemüsestand drängten sich Hausfrauen und Studenten, Sonderangebot: drei Schalen Erdbeeren für zwei Euro. Die anderen Stände, der Fisch- und der Wurstwagen, die der Händler, die Taschen, Tangas, Musikkassetten oder Parfümflaschen anboten, sie alle waren eher schlecht besucht. Vor dem Currywurststand bildete sich dagegen eine Schlange. Curry, Pommes, Bier, das ging in Berlin immer.

Zwischen den U-Bahn-Eingängen war eine kleine Bühne aufgebaut. Junge Musiker durften dort spielen. Meistens Duos mit Keyboard oder Gitarre. Oft waren sie gar nicht mal so schlecht. Doch ihre Songs reizten kaum mehr als die Musik, die in Supermärkten im Hintergrund lief.

Endlich war es halb sechs und er rief Martin an. »Bist du zu Hause?«

»Nö, warum?«

»Ich brauch mal meinen Schlüssel, ich bin aus der Tür und der Schlüssel liegt drin.«

»Oh je. Was hast du gemacht?«

»Ich bin in den Baumarkt, 'ne Farbrolle kaufen und hab den Schlüssel vergessen ...«

»Kann ich noch zum Sport oder hast du's eilig?«

»Nee, mach ruhig, dann gehe ich noch was essen. Stunde?«

»Sagen wir anderthalb? Bringste 'n Bier mit?«

»Mach ich, bis gleich.«

Anderthalb Stunden später stand er vor Martins Tür. Er hatte ein Stück Pizza gekauft und war dann den ganzen Weg zu Fuß gegangen. Auf die U-Bahn hatte er keine Lust und für das Fahrrad hätte er den Schlüssel gebraucht, der in der Wohnung lag. Er ging gern im Sommer durch seinen Kiez. Dieser war eine belebte Wohngegend, zum Großteil verkehrsberuhigt. Die Menschen saßen vor den Backstuben, dem vietnamesischem Imbiss oder standen beim Eisladen an. Eine Großstadtidylle, wie aus dem Reiseführer. Heute war ihm das zu viel. Die Lokale quollen über, kaum ein Platz war frei und dazwischen ratterten kleine Grüppchen mit Rollkoffern über die Platten des Fußwegs. Er versuchte, nicht genervt zu sein, seine Aufmerksamkeit auf das zu richten, was wichtig war. Wichtig waren seine Überlegungen. Alles andere versuchte er zu ignorieren. Die anderen machten es auch nicht anders, sie starrten in ihre Smartphones oder verbarrikadierten sich mit Kopfhörern und Sonnenbrillen vor der Welt. Dass es in diesem Gewimmel von Autisten nicht dauernd zu Zusammenstößen kam, war erstaunlich. Nicht einmal die Fahrradfahrer auf dem Fußweg verursachten Kollisionen.

Er wollte nicht zu früh bei Martin ankommen, so lungerte er noch etwas am Oranienplatz herum. Wie schnell das Interesse wechselte. Eben noch hatte er die Menschen ignoriert, um ungestört seinen Gedanken nachhängen zu können. Kaum saß er hier auf einer Bank, beobachtete er die Menschen, ohne dass ihn ein Gedanke dabei anflog. Er schaute und wartete.

Als es sieben war, ging er hinüber zu dem beigen Eckhaus mit der blauen Tür. Er drückte die schwere Tür auf, als der Summton ertönte, ging durch den kühlen Flur über den Hof in den Seitenflügel und stieg die enge dunkle Treppe hoch. Jedes der drei Stockwerke, die er zurücklegte, hatte seinen eigenen Geruch, und mit jedem

Absatz wurde es wärmer im Treppenhaus. Martin stand in der Tür. Er trug Boxershorts und ein T-Shirt, sie küssten sich flüchtig. Er stellte die beiden kurz zuvor am Späti gekauften Bierflaschen auf Martins Küchentisch.

Martin wohnte noch nicht lange hier. Im Gegensatz zu ihm war Martin ein Profi im Renovieren. Immer hatte er etwas zu bauen oder zu verändern. Hier hatte er sich nun selbst übertroffen. In wenigen Wochen hatte er die ganze Wohnung auf den Kopf gestellt, Wände rausgerissen und die gesamte Elektrik neu verlegt. Hatte die Dielenfußböden abgezogen und graugrün lasiert. Hatte das Badezimmer neu gefliest und auch an der Küchenwand einen breiten Streifen mit beigen Kacheln versehen. Die passten gut zu dem roten Linoleum, mit dem der Fußboden ausgelegt war. Die Küchenzeile war mit einer grauen Arbeitsplatte und weißen Küchenschränken gestaltet. Sie saßen an dem hohen Tisch in der Ecke auf Barhockern und tranken Bier.

Kurz stellte er sich vor, wie sie hier in der Küche beim Frühstück sitzen würden, nachdem sie aus dem gemeinsamen Bett gekrochen waren. Er konnte es sich vorstellen, konnte es sich nicht vorstellen. Seit 20 Jahren. Manchmal dachte er, damals, als sie sich kennengelernt hatten, hätten sie eine Chance verpasst. Er suchte zu jener Zeit ein Zimmer und zog zu Martin in dessen Wohnung. Es war eine gute Zeit. Sie teilten alles, nur nicht das Bett, also war es nicht das, was andere eine Beziehung nannten. Aber was war es dann? Vielleicht hätte er versuchen sollen, das zu klären, anstatt einfach ein paar Jahre später wieder auszuziehen. Inzwischen hatte die Zeit es geklärt. Martin war ein Teil vom großen Glück, und wenn er sich vorstellen konnte, mit jemandem zusammen alt zu werden, dann war er es.

Martin plante für das nächste Jahr eine Reise nach Neuseeland. Auf dem Tisch stapelten sich Reiseführer, er hatte schon eine Route zusammengestellt. Martin zeigte ihm Fotos in einem Bildband; atemberaubende Landschaft, unbekannte Pflanzen, Blüten, Tiere. »Und es gibt keine gefährlichen Tiere, keine giftigen Schlangen, ich glaube nicht einmal giftige Pflanzen«, sagte Martin. Ein wenig riss ihn Begeisterung mit und er überlegte gleichzeitig, wann er das letzte Mal verreist war. Rügen, die Ostsee, letztes Jahr ein paar Tage auf Sylt, das war's. Dass er die Landesgrenzen überschritten hatte, war schon ewig her. Nicht, dass es ihn nicht gereizt hätte. Mal abgesehen vom Geld, es hatte sich nicht ergeben. Er wollte nicht allein reisen, und wusste nicht, mit wem er fahren sollte. Einfach so ergab es sich nicht. Seine Spontanität reichte für einen Ostseetrip, nicht aber für eine Fernreise. Und so wichtig war es ihm auch wieder nicht. Das Leben ist ein kurzer Urlaub vom Tod. Wenn man das einmal begriffen hatte, war es egal, ob man nach Asien, Amerika, an die Seidenstraße fuhr, oder einfach zu Hause blieb. Nur wenn andere von ihren Erlebnissen berichteten, Fotos zeigten und die mitgebrachten Dinge ausbreiteten, bekam er manchmal einen leisen Anflug von Neid.

Nach einer Stunde nahm er den Schlüssel. »Ich bringe ihn dir das nächste Mal zurück«, sagte er, sie küssten sich und er sprang zwei Stufen auf einmal die Treppe hinunter. Er hatte es plötzlich eilig, nach Hause zu kommen, und rannte den Kottbusser Damm hinunter. Das war der kürzeste Weg. Und er wollte nicht noch einmal an den Menschen vor den überfüllten Lokalen vorbei.

Er hatte Martin nichts von seinem Aufbruch heute Morgen erzählt. Die ganze Aktion schien ihm nun albern und kindisch. Es ließ sich nicht so einfach erzählen. Dabei war er ein großer Verfechter des Darübersprechens, so lange er allerdings ein Problem nicht einmal für sich selbst richtig benennen konnte – wie sollte er darüber sprechen können? Er war sich nicht einmal sicher, ob er ein Problem hatte. Es verhielt sich wie in dem Traum vorhin, dem mit dem Puzzle. Das Bild wollte sich nicht zusammensetzen lassen. Da waren nur kleine Fetzen, die nicht zusammengehörten. Da war Langeweile, Unzufriedenheit und Überdruss. Da war Leere und eine Lustlosigkeit, die unversehens auftauchte und aus der er keinen Ausweg wusste. Und zugleich war er gar nicht unzufrieden, er war nicht verzweifelt, er brauchte keine Hilfe. Er hatte Urlaub. Er hatte ein Zuhause. Da fehlte doch nichts. Als er dies dachte, beschlich ihn das Gefühl, dass es vielleicht doch ein Problem gab.

# 2

Der nächste Morgen war sonnig und heiß. Er wachte früh auf. Doch es war bereits gegen zwölf, als er das Bett verließ und sich in der zerlegten Küche zwei Brote zum Frühstück schmierte. Er starrte auf die angestrichene Wand, dann auf die unbemalten anderen drei Wände und holte die Farbrolle aus der Tüte, die er gestern Abend im Flur hatte fallen lassen. Eine Weile stand er unschlüssig. Dann legte er die Rolle auf dem geschlossenen Farbeimer ab. Er war sich nicht mehr sicher, ob Weiß die richtige Farbe war. Und überhaupt, warum sollte er den Sommertag renovierend verbringen? Er setzte sich, zündete eine Zigarette an. Sah aus dem Fenster.

Schließlich packte er Badehandtuch, Sonnenbrille und eine Flasche Wasser ein und fuhr mit dem Fahrrad zur nächstgelegenen S-Bahn-Station. Unterwegs kaufte er ein Stück Kuchen. Er trug das Rad die Treppen zum Bahnsteig hinauf und wartete auf den nächsten Zug in Richtung Wannsee. Er stieg ein, das Abteil war fast leer. Er setzte sich. Im Spiegel der gegenüberliegenden Fensterscheibe sah er einen Mann: kurze Haare, die dunkle Sonnenbrille im gebräunten Gesicht, kurze Hose, Trägershirt und Sandalen, das Fahrrad vor sich, lässig hatte er einen Fuß auf dem Fahrradrahmen abgestellt, mit einer Hand hielt er den Lenker. Ihm gefiel, was er sah, und lächelte seinem Spiegelbild zu. Eine Gruppe junger Japanerinnen stieg am nächsten Bahnhof ein. Sie platzierten sich ihm gegenüber und blätterten in verschiedenen Reiseführern. Auf einem konnte er Schloss Sanssouci erkennen.

Ein Rentnerpaar aus dem Süden Deutschlands saß links von ihm; eine Gruppe Männer, deren Sprache er nicht zuordnen konnte, rechts. Vielleicht waren es Schweden oder Norweger. Die Bahn fuhr durch den Grunewald, Sonne blitzte zwischen den Bäumen hindurch.

Am Bahnhof Nikolassee stieg er aus, nahm die Brücke über die Stadtautobahn, radelte an der Spinnerbrücke vorbei, wo sich auch bei dieser Hitze Motorradfans in schweren Lederklamotten trafen, und ein stückweit durch den Wald, bevor er sein Fahrrad am Strandbad Wannsee abschloss. Vor der Kasse stand eine bunte Schlange mit Schwimmreifen und großen Taschen. Er schob sich vorbei und drückte seine Zehnerkarte in den Automaten, der das Drehkreuz löste. Fünfmal konnte er diese Karte noch nutzen. Das sollte für zwölf Tage Ferien reichen.

Er stand eine kleine Weile an dem abschüssigen Weg, der zu der großen Treppe führte, die eine Wiese und das Eingangshaus mit dem Strand verband. Er liebte diesen Anblick. Das Wasser, die Segelschiffe, die bewaldeten Hügel auf der anderen Seite des Sees. Alles lag schwer in der Mittagshitze. Sogar das Gekreische der Kinder klang matter als sonst herauf. Er ging die Treppe hinunter und bog zum FKK-Bereich ab. Als er, barfuß, erstmals den Sand betrat, verbrannte er sich fast die Fußsohlen. Er musste beinahe zu seinem Platz tänzeln. Schnell breitete er das Handtuch aus, zog sich aus und legte sich auf den Bauch. Da war es wieder, das wärmende, den ganzen Körper ausfüllende Gefühl. Er seufzte und schloss die Augen.

Ziemlich genau konnte er den Tag benennen, an dem ihm zum ersten Mal klar wurde, wie wichtig ihm Sonne und Wärme und

Wasser war. Als Kind hatte er fast jedes Jahr die Sommerferien mit seinen Eltern in einer kleinen Ferienwohnung auf Sylt verbracht. Mit Beginn der Pubertät begann ihn das konzentrierte Familienleben auf engem Raum zunehmend zu nerven. Und er war fünfzehn, als er sich vornahm, dies sei der letzte Familienurlaub. Nächstes Jahr ginge er mit Freunden zelten. Allein dank dieser Zukunft konnte er damals die Tage am Strand genießen. Der Sommer zeigte sich auch seinerzeit von seiner besten Seite. Der Sand war heiß, und wenn er nicht im Wasser war, lag er außen auf dem Rand der Sandburg, die den Strandkorb, in dem seine Eltern saßen, umrahmte. Der junge Mann, der an diesem Tag einige Meter entfernt nackt auf einem bunten Handtuch lag, war ihm schon zuvor aufgefallen. Er beobachtete ihn und war sich nicht sicher, ob der andere zu ihm herüberschaute. Einer der letzten Tage der Ferien, frühnachmittags am Strand. Der Fremde schien näher als sonst im Sand zu liegen und zu schlafen. Er zog die Hose, Unterhose aus und seine Badehose an und ging schwimmen. Auflaufendes Wasser, obwohl kaum Wind wehte, waren die Wellen relativ hoch. Eine Weile beschäftigte er sich damit, unter den anrollenden Wellen hindurchzutauchen. Dann ließ er sich auf dem Rücken liegend ein Stück mit der Strömung treiben. Als er wieder auf den Strand zu schwamm, sah er den anderen im Wasser stehen. Es gab keinen Zweifel daran, dass dieser ihn beobachtete. Er tat so, als hätte er ihn nicht gesehen, kam einige Meter weiter aus dem Wasser und ging ein Stück den Strand entlang. Er war sich plötzlich sicher, dass der Mann ihm folgen würde. So war es auch. Er ging langsam, bückte sich nach Muscheln und bunten Steinen. Der andere folgte in einem kleinen Abstand. Sie schauten sich über die Entfernung hinweg an, ließen die Strandkörbe hinter sich. Nur noch einzeln lagen Menschen umrundet von flachen Sandburgen. Der andere hatte ihn inzwischen überholt, nun ging er ein Stück vor ihm. Als der Mann auf die Dünen zuging, folgte er ihm. Sie trafen sich in einer kleinen Sandkuhle, sie war von hohem Strandhafer umwachsen. Schnell zog er seine Badehose aus. Sie wichsten, ohne ein Wort zu wechseln. Lagen danach eine kleine Weile nebeneinander. Dann zog er seine Badehose wieder an und ging. Er drehte sich noch einmal um und betrachtete den nackten braunen Körper. Der andere winkte und schob seine Sonnenbrille über die Augen. Später hatte er ihn noch ein paarmal am Strand gesehen. Einmal hatten sie sogar einige Worte gewechselt, an die er sich bald nicht mehr erinnern konnte. Das war alles. Doch etwas Lebensentscheidendes war passiert. Er war fünfzehn damals. Sommer und Sonne, Wärme, Wasser und Wellen waren seitdem gleichbedeutend mit Glück.

Er war wieder eingeschlafen. Als er aufwachte, brannte die Haut auf seinem Rücken. Sicher hatte er einen leichten Sonnenbrand. Er ging ins Wasser, es war auf den ersten hundert Metern nur knietief. Warm und leicht algengrün. Dann, als es tiefer wurde, tauchte er unter und kraulte zu der Boje, die den Badebereich begrenzte. Er schwamm dreimal zwischen den Bojen hin und her, ließ sich ein paar Minuten auf dem Rücken treiben, blickte zurück zum Strand. Der Himmel blau, die Sonne hinter einem leichten Schleier, dreißig Grad, achtzehn Uhr. Auf der Dachterrasse der gelben langgestreckten Klinkergebäude, in denen die Toiletten und Duschen untergebracht waren, standen an die halbhohe Einfassungsmauer gelehnt Leute. Darunter im Schatten der Wandelgänge saßen andere, tranken Bier und aßen Pommes.

Wie so oft dachte er, dass sich dieses Bild seit der Eröffnung des Strandbades vor über hundert Jahren praktisch nicht verändert hatte. Vielleicht waren die Badeanzüge und Handtücher bunter geworden, auch die Bauten waren erneuert worden. Aber die Erscheinung von Menschen im Sommerbad war zeitlos.

Er lag wieder auf dem Handtuch im Sand. Das Wasser schillerte im Licht der Sonnenstrahlen. Die Haut noch kühl vom Wasser, die Haare nass. Links von ihm unterhielten sich zwei Männer auf Hebräisch. Sie kifften und lachten. In der vordersten Reihe lagen Männer, die Haut wie Leder, dunkelbraun von den vielen Sommertagen am See. Schräg hinter ihm zwei Frauen, sie sprachen ein breites amerikanisches Englisch. Es war schnell leer geworden, nur wenige hatten es ausgehalten, ein Fußballspiel im Fernsehen rief viele nach Hause. Jemand brüllte: »Eins zu Null fürs Deutsche Reich!« Ein anderer brüllte zurück: »Halts Maul, du Nazi!« Alle lachten. Eine Stimme verkündete aus dem knackenden Lautsprecher: »Liebe Badegäste, wir schließen in dreißig Minuten, bitte geben Sie Ihre Strandkörbe zurück und holen Sie Ihre Sachen von der Garderobe. Vielen Dank.« Langsam räumte er seine Sachen zusammen. Angezogen saß er noch eine Weile auf der Bank, oben an der Wiese und schaute auf das Strandbad hinunter. In diesem Ausblick fand sich der Sommer: Freiheit, Weite, Licht und Wasser. Wie schön das war! Als er sich sattgesehen hatte, ging er.

Aus dem Augenwinkel sah er ein Gesicht. Wer war das noch? Er dreht sich um, als wolle er ein Nachbild des Wannseebads einfangen, aber der Mann ging so in seinem Schatten, dass er ihn nicht unauffällig mustern konnte. Klein und drahtig, mit kurzer Hose und einem T-Shirt bekleidet war er, so viel konnte er sehen. Vor dem Drehkreuz am Ausgang blieb der andere zurück. Erst als er sein Fahrrad abschloss, konnte er dessen Gesicht noch einmal betrachten. Aber es kam keine bestimmte Erinnerung. Irgendwer von früher, aber wer? War es ein Stammgast in den oft besuchten Lokalen? Waren es nur Blicke? Gespräche – eher nicht, daran hätte er sich erinnern können. Sex? Darüber dachte er noch nach, als er mit dem Fahrrad den Waldweg zur S-Bahn fuhr. Er versuchte, dabei eine gute Figur zu machen, sportlich, kraftstrotzend. Der andere könnte hinter ihm fahren, beobachtete ihn vielleicht.

Am S-Bahnhof angelangt schaute er sich beiläufig um. Kein anderer da. War der abgebogen? Auf dem Bahnsteig wartete er, und sah den Mann mit einem Mal, ganz vorn, dort ungefähr, wo der erste Wagen des Zuges normalerweise hält. Der andere lehnte auf seinem Fahrrad und schien ihn über die Entfernung hin anzuschauen. Überlegt er auch? Sie standen eine Weile und sahen nicht hin, sahen hin. Zu der Entfernung zwischen Bahnsteigende und Bahnsteigmitte kam die zeitliche Entfernung. Ein Blick, nicht nur über 50 Meter hinweg, auch über 20 Jahre. Er fand diesen Mann interessant. Selbst wenn sich keine Erinnerung einstellen sollte, selbst wenn sie sich noch nie gesehen hatten. Sollte er sein Fahrrad nach vorn schieben, ebenfalls in den ersten Wagen steigen?

Er blieb, wo er war. Als der Zug eintraf, stieg er in den mittleren Wagen. Der Grunewald zog vor den Fenstern vorbei, Westkreuz, Charlottenburg. Am Bahnhof Zoo sah er den anderen noch einmal. Er stand am Bahnsteig, kramte in seinem Rucksack und telefonierte dabei. Ob der jetzt wohl in den Tiergarten ginge? Er stellte sich vor, wie der andere mit dem Fahrrad langsam die Wege entlangfuhr, sich auf einer Bank niederließ und nach interessanten Männern Ausschau hielt. Das hatte er früher selbst oft genug gemacht. An der nächsten Station könnte auch er aussteigen und sich auf die Suche machen, könnte sich wie zufällig neben ihn auf die Bank setzen: »Hab ich dich nicht eben im Strandbad Wannsee gesehen?«

Die S-Bahn erreichte den Bahnhof Tiergarten. Er blieb sitzen. Der Hauptbahnhof zog vorüber, der Reichstag mit den riesigen Deutschland- und Europafahnen, Friedrichstraße und der Fernsehturm. Dann stieg er aus und fuhr durch den warmen Sommerabend nach Hause.

In der Nacht kam das Gewitter. Unwetter und Starkregen hatte der Wetterbericht vorausgesagt. Immer öfter erschienen auf der Wetterkarte rote Warndreiecke, die Gefahr ankündigten. Sturmböen zausten die Pflanzen auf dem Balkon und die Linden auf der Straße, Blitze zuckten über die Dächer, und der nächste Donner krachte, während der vorherige noch grollte.

Er wartete auf den noch grelleren Blitz, den noch lauteren Donner, das Krachen der Äste, die im Sturm brachen. Sehnsucht nach der Apokalypse. Als nur noch gleichmäßig rauschender Regen zu hören war, ging er enttäuscht schlafen.

# 3

Am folgenden Morgen tröpfelte es noch immer. Er frühstückte, stand eine Weile in der Balkontür und überlegte, was er mit diesem Tag anfangen sollte. Er starrte in das Grau und wartete darauf, dass etwas passierte. Dass ein Gedanke, ein Gefühl, eine Idee in ihm aufkam. Früher war es kein Problem gewesen, einen freien Tag auszufüllen. Oder? Diese Leere schien schon seit zwei, drei Jahren in seinem Leben zu sein, davor war sie doch nicht da gewesen? Es musste sich etwas geändert haben. Aber was?

Er ging wieder ins Bett. Nun schaute er an die weiße Decke und wartete auf das, für das es sich lohnen würde, aufzustehen. Nichts kam. Kiffen wäre schön. Doch wahrscheinlich schliefe er nach dem Kiffen einfach nur ein. Fluchtschlafen. Er überlegte, ob er noch einen Krümel versteckt hatte, dann fiel ihm ein, dass er zwar Zigaretten gekauft hatte, aber keine Blättchen mehr hatte. Aufstehen, sich anziehen und zum Kiosk gehen, das war nicht das, was er wollte. Also nicht kiffen. Nicht mal das. Er nahm ein Buch vom Stapel neben dem Bett, las den Klappentext, blätterte darin herum und legte es wieder auf den Stapel zurück.

Er drehte sich auf die Seite. Er schlief ein. Er träumte.

Ein großer, hoher Raum, eine Fabriketage, durch hohe Gitter in verschiedene Abteilungen getrennt. Ein großer Tisch in der Mitte steht in einem Lichtkegel, um diesen herum essende Menschen. Eine Wohngemeinschaft, ein Festessen, das letzte Abendmahl? Schon im Traum findet er diesen Vergleich albern. Er selbst kommt von draußen, hatte zu tun. Jetzt steht er hinter einem der Gitter und schaut auf die Essenden, die ihn nicht beachten. Er kann es nicht wirklich sehen, aber er weiß, die Schüsseln und Töpfe auf dem Tisch sind leer. Sie haben nicht auf ihn gewartet. Sie haben für ihn nichts aufgehoben. Er hatte geglaubt zu diesen Menschen am Tisch zu gehören. Jetzt sieht er, es ist ein Irrtum, sie haben ihn vergessen. Er ist empört und verletzt.

Die Perspektive wechselt. Derselbe Raum, das Essen ist beendet. Auf dem Boden liegt ein kleiner Berg Briketts, die, nur halb durchgeglüht, heftig qualmen. Er reagiert heftig, schreit: Kohlenmonoxid, schreit: die Kohlen müssen in den Ofen, man könne sie keinesfalls liegenlassen. Alle anderen im Raum finden das albern und lachen ihn aus.

Plötzlich ein schwarzer Hund im Raum. Er schmiegt sich in seinen Schoß, ist erschöpft und verängstigt. Er streichelt das schwarze Tier, denkt, dass die Erschöpfung des Hundes vom Kohlenmonoxid kommt, das, weil schwerer als Sauerstoff, sich am Boden konzentriert. Dann erst merkt er, der Hund ist verletzt und blutet. Er sitzt mit dem Hund im Schoß an einer zweiflügligen Terrassentür. Er stößt den einen Türflügel auf, um frische Luft in den Raum zu lassen. Draußen ist es dunkel, kühle Nachtluft streicht herein. Wie ein Schatten steht ein großer schwarzer Hund, völlig reglos, vor der Tür. Er begreift in einem Sekundenbruchteil, dass dies jener Hund sein muss, der den anderen Hund so zugerichtet hat. Aus dem Augenwinkel sieht er, wie der Hund von draußen zum Sprung ansetzt. Ein Luftzug, ein schwarzes Stück Stoff, das vorbeisegelt, dann steht der Hund im Raum. Mit gefletschten Zähnen steht er da. Er weiß, dass er den zitternden Hund auf seinem Schoß nicht wird schützen können.

Von seinem eigenen Hilfeschrei wachte er auf. Vielleicht hatte er den Schrei nur geträumt, aber der Schreck riss ihn zurück in die Gegenwart. Es blieb ein schales, unzufriedenes Gefühl, so, als hätte man ihm Unrecht getan, etwas weggenommen, aber wer? Er verwünschte solche Träume. Er säße gern mit am Tisch und äße. Er verließe gerne diese dunklen, kalten Räume. Er stünde gern lachend in weit geöffneten Terassentüren und draußen wäre es nicht gefährlich. Er rieb sich die Augen. Es war sinnlos, Traumerlebnisse zu bejammern. Auch wenn er diesen einen Traum immer wieder träumte. Nie war er sich sicher, was er zu bedeuten hatte. Und keinesfalls konnte er daraus ablesen, wie er weiterleben sollte.

Es war später Nachmittag, als er aufstand und sich anzog. Wesentliches hatte sich nicht zu erkennen gegeben. Trotzdem ging er zum Supermarkt und kaufte Tomaten und eine Aubergine. Dann kochte er Nudeln und verarbeitete das Gemüse zu einer Soße. Eine größere Menge. Es würde auch für morgen noch reichen.

Als es dunkel wurde, verließ er noch einmal das Haus. Es hatte inzwischen ganz aufgehört zu regnen, nur von den Bäumen fielen noch vereinzelte Tropfen. Die Luft war unglaublich warm und feucht. Der Geruch von Asphalt und Erde lag in den Straßen. Die Lichter leuchteten gelber als sonst. Eine tropische Nacht, so jedenfalls stellte er sich eine tropische Nacht vor. Er genoss die warme Feuchtigkeit auf der Haut. Er ging allein und doch fühlte er sich geborgen, eingehüllt, aufgehoben und beschützt. Aber da war noch ein Gefühl: Vergänglichkeit. Bilder vom Frühling blitzten in seinem Kopf auf, im Frühling blühten die Kirschbäume auf dem Mittelstreifen rosa. Nur kurz war diese Blüte, und nach wenigen Tagen fiel ein Schnee von rosa Blütenblättern auf den Weg. Wenn dieser Blütenschnee gelb und braun geworden war, wusste er, der Sommer war nicht mehr weit. Jetzt, Ende Juli, war der Herbst nicht mehr weit. Schon im August würden die Mauersegler gen Süden fliegen. Die Arbeit würde wieder den Ablauf seiner Tage bestimmen und nicht mehr das Wetter. Der September konnte noch Sonnenschein bringen, und wie immer hoffte er auf einen goldenen Oktober. Spätestens im November aber kam unwiderruflich das Berliner Wintergrau. Sich nicht von der Trostlosigkeit des Wetters anstecken zu lassen, fiel ihm von Jahr zu Jahr schwerer. Der Gedanke an die kommenden Jahreszeiten machte ihn melancholisch, doch diese Melancholie schmerzte nicht, sie machte den Augenblick intensiver.

Er ging den Kottbusser Damm hinauf, Richtung Kreuzberg, über den Kanal unter der Hochbahn durch und bog in die Oranienstraße ein. Die meisten Lokale waren gut besucht. Vor den Türen, an Autos und Stromkästen gelehnt, standen kleine Gruppen von Menschen mit Bierflaschen in der Hand. Er betrat sein Lieblingslokal.

Nachdem er sich ein Bier am Tresen geordert hatte, blieb er stehen, an die Wand gelehnt, neben dem Durchgang, so dass er den vorderen und den hinteren Raum überblicken konnte. Er lächelte unbestimmt in den Raum hinein, nahm dabei einen Schluck aus der Flasche, vorsichtig, damit das Bier, das nicht richtig kalt war, nicht überschäumte. Männer, fast ausschließlich Männer, saßen an kleinen runden Marmortischen. Sie doppelten sich in den großen Spiegeln, die, eingefasst von grünschwarzen Kacheln, an der Wand hingen. Das Licht war farbig, blau und rot, die großen doppelten Scheiben zur Straße hin waren beschlagen. Die Madonna über der Tür hatte einen Heiligenschein aus kleinen bunten Glühbirnchen. Eine rote Neonröhre brannte in dem Fenster neben der Theke. In der Mitte des Raumes standen Menschen, Gläser, Flaschen, Zigaretten in der Hand. Die Musik war laut, die Luft verraucht.

Ein Mann betrat die Bar, sein Gesicht leuchtete kurz hellrot im Licht der Neonröhre. Er stand einen Moment herum, streifte mit suchendem Blick über die vor ihm sitzenden und stehenden Menschen. Dann drängte er sich entschlossen hindurch. Hinter der Theke lief eine Lichterkette um das Regal mit Flaschen. Sie leuchteten abwechselnd rot, gelb und grün, als würden die Lichter sich jagen, immer im Kreis herum. Der Barmann beugte sich über den Tresen, drehte den Kopf, so dass der neue Gast ihm etwas direkt ins Ohr sagen konnte. Dann machte er zwei Schritte, öffnete eine Kühlschranktür. Das Klirren der Flaschen durchschnitt kurz den Lärm. Der Barmann griff nach einem Flaschenöffner, ließ den Kronkorken knallen, reichte die Flasche über den Tresen und griff mit der anderen Hand nach dem Geld. Der Mann kratzte mit dem Daumen das Silberpapier vom Hals der Flasche, während er sich umsah. An einem Tisch standen zwei Männer auf. Er nahm einen kurzen Schluck aus der Flasche, das Bier schäumte und lief über seinen Handrücken. Dann ging er und setzte sich auf einen der freigewordenen Stühle.

Immer noch an den Durchgang gelehnt, beobachtete er den Mann, wie er dasaß mit dem Rücken zum Spiegel. Er trug eine helle dünne Jacke und schwarze Jeans. Im Spiegel sah er, die Haare wurden bereits dünn in der Mitte des Kopfes.

Der Sitzende hatte seine Flasche auf den Tisch gestellt, aus dem Inneren seiner Jacke eine Zigarette gekramt, die er sich anzündete. Jetzt bemerkte der Mann, dass er beobachtet wurde. Der Mann schlug die Beine übereinander und schaute durch die beschlagenen Fenster auf die Straße hinaus.

Er wollte nicht aufdringlich sein und wandte sich ab, trank einen Schluck Bier und begann ein Gespräch mit dem Barmann, das jedoch schon nach zwei Sätzen durch eine Bestellung unterbrochen wurde. Er drehte den Kopf und traf einen Moment lang den Blick des Sitzenden. Der Stuhl neben diesem war immer noch frei. Er zögerte, dann stellte er seine leere Flasche auf den Tresen und ging aufs Klo.

Als er zurückkam, war sein Platz am Durchgang besetzt. Er stellte sich also direkt an den Tresen und stand jetzt genau in Blickrichtung des anderen. Er bestellte ein weiteres Bier, wandte sich um und ihre Blicke trafen sich wieder. Er versuchte es mit einem Lächeln, der andere erwiderte es nicht, sondern drehte den Kopf.

Eine Zeitlang stand eine Gruppe von Menschen zwischen ihnen. Als diese gingen, war der Raum augenblicklich halb so voll. An den Tischen saßen nur noch wenige. Der andere saß allein, seine Flasche leer. Als ihre Blicke sich jetzt trafen, lächelten beide. Der an der Theke hob seine Flasche und machte eine fragende Geste, der am Tisch Sitzende zuckte mit den Schultern, nickte dann mit dem Kopf. Er bestellte zwei Bier, nahm sie und setzte sich zum anderen. Sie stießen die Flaschen aneinander, tranken. Sprachen über Belangloses. Er legte seine Hand auf den Oberschenkel des anderen und ließ sie dort liegen. Das Gespräch erstarb, sie saßen dicht beieinander und sahen sich an. Er beugte sich vor und küsste den anderen auf den Mund. Der andere wich erst zurück, erwiderte dann den Kuss. Ihre Lippen öffneten sich, seine Hand fuhr durch das Haar des anderen. Sie lächelten beide. Der andere zündete sich eine Zigarette an.

In diesem Moment trat ein Dritter an den Tisch, er küsste den anderen, zog einen Stuhl heran, hängte seine Jacke über die Lehne und holte sich ein Bier. Die beiden am Tisch tauschten Blicke. Er schaute fragend, der andere zuckte wieder mit den Schultern und lächelte verlegen.

Nun saßen sie zu dritt. Der Neuhinzugekommene redete über das Wetter und die Aussichten für die kommenden Tage. Er war sichtlich bemüht, das Gespräch nicht abreißen zu lassen, was schwierig war, da er als Einziger redete. Der andere schwieg und trank. Er hörte nicht zu, stand dann auf und ging aufs Klo.

Als er vom Klo zurückkam, stellte er sich wieder an den Tresen. Der Barmann hatte nun weniger zu tun, rauchte, und sie sprachen über gemeinsame Bekannte. Er bezahlte die Biere. Im Rausgehen zwinkerte er dem anderen zu, mit einem Lächeln. Dieser lächelte ebenfalls und hob die Hand. Der zuletzt Hinzugekommene war mit dem Silberpapier seiner Bierflasche beschäftigt und schaute nicht auf.

An der Ankerklause am Kanal standen noch einige Tische und Stühle vor der Tür. Ein Tisch war besetzt. Er ging hinein und holte sich ein Bier, dann setzte er sich an einen freien Tisch. Die Luft war weiterhin feuchtwarm, nach der Hitze im letzten Lokal erschien sie nun jedoch angenehm frisch. Er beobachtete eine Gruppe zwei Tische weiter. Er kannte sie vom Sehen. Sie waren ihm schon öfter aufgefallen, laut, betrunken und unangenehm. Einen kurzen Moment fürchtete er, sie könnten ihn ansprechen, daher drehte er ihnen den Rücken zu und schaute die Straße hinunter. Immer noch waren viele Autos und Fahrradfahrer unterwegs, aber der Verkehr floss entspannter als tagsüber, kein Hupen, kein Geschrei. Kleine Gruppen junger Menschen, mit Bierflaschen in der Hand, zogen auf dem Bürgersteig vorbei.

Er nahm sich einen zweiten Stuhl und legte die Füße darauf. Er war zufrieden. Er hatte diesen Tag herumgebracht. Das Leben war nicht schlimm, die Welt war nicht in graue Watte gepackt. Er hatte keine Depression. Freizeit war immer schon Luxus für ihn, den man verschwenden konnte. Aber an manchen Tagen konnte er mit diesem Luxus nichts mehr anfangen. Da war es dann fast eine Erleichterung, ins Postamt zu gehen und Briefe zu sortieren, dort musste er nicht darüber nachdenken, wie er die Zeit verbringen sollte. Und manchmal, wenn er eine neue Schwinge mit Briefen vom Wagen nahm, dachte er, dass er eigentlich etwas ganz anderes tun sollte. Eine anspruchsvollere Arbeit finden, seine Freizeit sinnvoller verbringen. Eine Hoffnung blitzte in ihm auf. Hoffnung auf etwas anderes, ein besseres Leben. Dann träumte er davon, alles hinzuwerfen und woanders hinzugehen. Aber auch wenn das verlockte, wusste er, dass das nicht sein Weg war, dass er sich überall mit hinnehmen würde, dass es dieses andere nur dort geben könnte, wo er war. Dass dieses ganz andere nur er selbst sein könnte. Deswegen hatte er vorgestern seine Wohnungstür mit dem Ersatzschlüssel aufgeschlossen. Er hatte den Schlüssel eingesammelt, den er weggeworfen hatte, und so getan, als wäre nichts gewesen. Hätte ihn jemand gefragt, wie es ihm ginge, er hätte gesagt: »Ich komme zurecht.« Das war das Motto, welchem er die letzten Jahre folgte. Er wusste nicht mehr, ob das ein gutes Motto war. Er trank aus, stand auf und ging nach Hause.

## 4

Er wachte früh auf und saß um neun mit einer Tasse Kaffee auf dem Balkon, als das Telefon klingelte. Gewöhnlich rief niemand um diese Zeit an. Alle wussten, dass er, der Nachtschichtarbeiter, gern lange schlief. Ein wenig verwundert ging er ans Telefon.

Seine Cousine war mit ihrem Mann in der Stadt zu Besuch und fragte, ob er Zeit hatte, sich zu treffen, vielleicht ein wenig durch die Stadt zu wandern. Er hatte keinen Plan für den Tag und begrüßte eine Abwechslung. Schon öfter war ihm aufgefallen, wie selten er eigentlich seinen Kiez verließ. Auf dem Weg zur Arbeit benutzte er die zwei, drei immergleichen Wege durch die Stadt. Die meisten seiner Freunde wohnten im Umkreis seiner Wohnung. Er freute sich also, wenn er in eine Gegend kam, in der er lange nicht, oder besser, noch nie gewesen war. Das kam selten vor. Er bedauerte dies manchmal, sah allerdings kaum Anlass, es zu ändern.

Besuch aus Westdeutschland war immer eine Gelegenheit für Bootsfahrten auf der Spree oder ausgedehnte Stadtspaziergänge. Er zögerte kurz, dann verabredete er sich mit dem Paar am U-Bahnhof Wittenbergplatz. Er wollte ins Europa-Center und ins Bikini-Haus. Er konnte sich nicht genau erinnern, wann er zuletzt in der City West gewesen war. Wahrscheinlich im Winter. Sicher war er sich nicht.

Es war, obwohl noch nicht ganz elf, schon recht warm, als er aus der U-Bahn stieg. Am Bahnsteig sah er schon von weitem seine Cousine und ihren Mann, und sie begrüßten sich freudig. Sie schlenderten den Tauentzien entlang, gedrängt war es, aber entspannt. Die Menschen hatten Zeit und gute Laune. Standen vor den Schaufenstern, trugen Einkaufstüten oder schleckten Eis.

Europa-Center. 1965 vom damals Regierenden Bürgermeister Willy Brandt eröffnet, ein bisschen in die Jahre gekommen, ein bisschen renoviert, blieb es doch »altes Westberlin«. Der Begriff war in den letzten Jahren in Mode gekommen, um ein Gefühl zu beschreiben, das mehr war als Architektur und Vergangenheit. Das Lebensgefühl einer Stadt im Ausnahmezustand. Ein Biotop, bedroht und beschützt durch eine Mauer, abgegrenzt von den Zumutungen des Normalen. Man war in dieser Stadt nicht Ost-, nicht West-, schon gar nicht war man »Westdeutschland«. Man war etwas Besonderes, auf dem grauen Personalausweis stand das Wort »Behelfsmäßiger«. Wenn man Fotos aus dieser Zeit anschaute, war man verblüfft, wie grau so vieles in dieser Stadt war. Wie viele Risse und Lücken die schöne Fassade hatte. Vielleicht meinte »altes Westberlin« genau das. Die Möglichkeiten, die offenen Stellen, ein Versprechen an die Zukunft.

Die Cafélandschaft im Europa-Center, die sich über mehrere Etagen und Zwischenstufen oberhalb des Wasserbeckens erhob, war aus der letzten Renovierung kühl und schlicht hervorgegangen. Nun fehlten ihm die Lotusblumen aus Blech, die sich unterm leise plätschernden Wasser jahrelang geneigt hatten, und auch die Pflanzenkübel mit rankenden Pflanzen in Hydrokultur waren inzwischen verschwunden. Das Verwunschene war dem Leichtzupflegendem gewichen. Die großen Lampen, die wie unförmige orange-rot-gelbe Eiszapfen drei bis vier Meter lang von der Decke hingen, waren allerdings noch da. Die »Uhr der fließenden Zeit« von Bernard Gitton stand im überdachten Lichthof seit 1982.

Neongrünes Wasser in kommunizierenden Röhren füllte große und kleine Glaskugeln und zeigte die Zeit an. Als sie davorstanden, war es kurz vor zwölf. Eine ganze Gruppe von Zuschauern hatte sich vor der Uhr versammelt und versuchte zu erraten, welchen Weg das Wasser nehmen würde. Welche Kugeln sich leeren, welche sich füllen würden. Und dann war man doch überrascht, wie es funktionierte.

Am Rande des Lichthofs war in einer Art rechteckigem Kiosk eine kleine Bar. Roter und schwarzer Lack, Biertulpen hingen über Kopf. Ringsherum konnte man am Tresen sitzen und auf die Menschen schauen, die die große Freifläche vor der Uhr überquerten.

Die Geschäfte waren klein, abgesehen von dem Mediamarkt am Ende der Ladenzeile. Einige Läden standen leer, doch ganz eindeutig war das Europa-Center wieder auf dem aufsteigenden Ast. Was noch vor ein paar Jahren trostlos erschienen war, wirkte nun wieder hoffnungsvoll. Es gefiel ihm, auch wenn er keinerlei Bedürfnis verspürte, etwas zu kaufen. Als Konsument war er schon immer ein hoffnungsloser Fall.

Sie verließen das Europa-Center und überquerten den Breitscheidplatz hin zum »neuen« Bikini-Haus. Beim Blick zurück fiel ihnen noch die Mengenlehreuhr ins Auge. Sie stand lange auf einer Mittelinsel irgendwo auf dem Ku'damm – oder war es der Tauentzien? Oder am Adenauerplatz? Egal. Es waren gelbe und rote Felder, die dort in vier Reihen und unterschiedlichen Größen angeordnet waren und blinkten. Wie man auf dieser Uhr die Zeit ablas? Obwohl man ihm das bestimmt mehrfach erklärt hatte er konnte sich nicht erinnern. Er gehörte zu der Generation, die in der Schule mit bunten Plättchen und einem Kasten voller Bausteine Mengenlehre lernen musste. So viel Unsinniges hatte er gelernt. Mengenlehre war ein schönes Beispiel. Lernen Kinder das heute noch? Er müsste einmal Freunde mit Kindern im Schulalter fragen.

Es beruhigte ihn, dass auch seine Begleitung ratlos vor der Uhr stand. Selbst der Mann seiner Cousine, der technisch und mathematisch keine solche Null war wie er, konnte es nicht erklären. Sie redeten eine Weile hin und her. »Das müssen die Fünfer sein.« »Oder sind das ganz oben die Stunden?« Sie kamen zu dem Schluss, dass man mit einer guten Mischung von Halbwissen ziemlich weit im Leben kommen konnte.

Ein bisschen Halbwissen konnte er gleich anbringen, als sie auf das Bikini-Haus zugingen. 1975 eröffnet, hieß es damals »Zentrum am Zoo«. Im zweiten Stock war ein offenes Luftgeschoss, welches eine Ladenzeile darunter von den vier von Säulen getragenen Büroetagen darüber trennte. Und weil bei einem Bikini das Oberteil vom Unterteil ebenfalls durch einen Streifen Nichts getrennt wurde, hatte das Haus seinen Namen weg. Schon längst war das Luftgeschoss geschlossen und in die Ladenzeile miteinbezogen worden. Trotzdem hatte die neue »Concept Mall« genau diesen Namen gewählt und ihn tausendfach in der ganzen Stadt plakatiert.

Als sie auf dem Breitscheidplatz standen, kramte er seine Erinnerungen an das Gebäude zusammen. Er hatte Läden mit billigem Modeschmuck, verschiedenen Wimpeln und Fahnen vor seinem inneren Auge. Ein Buchladen war darin, billige Klamotten wurden verkauft. Unvergessen der Leuchtkasten, in dem ein Bild von Harald Juhnke hing, auf dem er vor chinesischem Interieur Peking-Ente aß – Werbung für ein chinesisches Lokal, das seinem Schwiegersohn gehörte.

An die Kunsthalle konnte er sich jetzt erinnern, die es einmal dort gab. Diese verfügte über zwei Etagen, vor allem erinnerte er sich an den grob geschlungenen Sisalteppich, mit dem sie ausgelegt war.

Es würde ihn tatsächlich einmal interessieren, nach welchem Prinzip man sich welche Dinge merkt, andere völlig vergisst, und was in welchen Situationen zurück in das Bewusstsein geschubst wurde. Es gab eine Disko, von der er vergessen hatte, wie sie hieß – »Linientreu« vielleicht?! Müsste er recherchieren. Erinnern konnte er sich merkwürdigerweise hauptsächlich an den Eingangsbereich. Irgendwie eine Betontreppe, spärlich beleuchtet. Wie es innen ausgesehen hatte, konnte er nicht sagen, obwohl er mehr als einmal dort gewesen war. Neben dem eigentlichen Gebäude stand eine Zeitlang eine blaue Kugel, die erst ein 360-Grad-Kino war, später hatte Sabine Christiansen ihre Talkshow daraus gesendet und irgendwann war sie wieder verschwunden – und stand jetzt wo noch mal?

So viele Orte in dieser Stadt waren inzwischen mit Bildern und Erinnerungen verbunden. Wenn er, so wie heute, auf Stadtführung unterwegs war, konnte er lustige Geschichten und Anekdoten aus der Vergangenheit erzählen. Er freute sich, dass seinem Besuch das gefiel, manchmal allerdings beschlich ihn ein schales Gefühl, als würde die Erinnerung irgendwie die Gegenwart überlagern. Als verblassten die Farben. Als würde sich ein Schleier über die Stadt legen, der, der oft auch auf alten Fotos lag. Er sehnte sich danach, die Stadt mal wieder so zu sehen wie bei seinem ersten Besuch. Erinnerung ließ sich nicht löschen. Er würde eine andere, eine neue Stadt anschauen müssen. Reisen, etwas anderes sehen, danach drängte es ihn. Und zugleich war er sich sicher, dass es nichts ändern würde. Er müsste mit anderen Augen sehen können. Es ging nicht darum, was er anschaute, sondern, wie er es anschaute.

Sie standen eine Weile auf dem Platz und schauten auf das Bikini-Haus. Totalsaniert bei Erhalt der denkmalgeschützten Fassade. Wirklich wunderschön: messingfarbene Kastenfenster, lebendig strukturierte Gestaltung der Streben und kräftige Farbakzente in Rot und Gelb.

Im Inneren dann fanden sie das Gebäude entkernt vor, eine große Treppe verband die Stockwerke. Ein neuer Anbau schob das ganze Gebäude näher an den Zoo heran, und große Fenster öffneten sich zum Affenfelsen, auf dem Paviane balgten. Auf den Sitzgelegenheiten davor saßen junge Familien mit teuren Kinderwagen, die Sojamilchkaffee schlürften, der zuvor an einem improvisiert aussehenden Tresen, aus ungehobeltem Holzbrettern zusammengenagelt, teuer bezahlt werden musste. Dazwischen »Boxen«, Metallkäfige auf Euro-Paletten gestellt, so als könnten sie jederzeit mit dem Gabelstapler an einen andern Ort gefahren werden. So sollte es zumindest aussehen. Authentisch improvisiert, ganz locker. In den Boxen wurde Mode verkauft, Taschen, Designkram und Schnickschnack, hergestellt von jungen Kreativen. Diese Boxen waren zwischen 19 und 39 Quadratmeter groß und kosteten zwischen 1870 und 3125 Euro – inklusive allem, was immer das heißen mochte. So konnte man es in einem Werbeprospekt nachlesen. Denn noch waren nicht alle vermietet.

Im Obergeschoss gab es die Dinge, die die Welt nicht braucht, in noch größerer Auswahl. An einer ebenfalls improvisiert aussehenden Kaffeebar, die eingefasst war von Verkaufstischen und Designobjekten, lehnten zwei verrostet aussehende Fahrräder.

Schon ganz schön. Sie sahen ein bisschen nach den 20er-Jahren aus, mit geschwungenem Lenker und zerfressenem Leder als Sattelbespannung. Aber die Reifen waren neu, der Rost war nur aufgemalt, man konnte sie kaufen. Ein kleines Schildchen verriet den Preis: zweitausendachthundert Euro. Sie hatten keine Lichter und keine Klingel, waren also so, wie sie dastanden, auf der Straße nicht zu benutzen. Nicht weit davon auf anderen Tischen konnte man jedoch eine schicke Klingel für 24 Euro dazu kaufen, und eine Fahrradlampe würde sich sicher auch noch irgendwo versteckt finden.

Er hatte zu dieser Form des Konsumterrors ein schwieriges Verhältnis. Das sanierte Gebäude gefiel ihm an sich, die Dachterrasse war ein wirklicher Gewinn und der Blick in den Zoo war toll. Aber dieses ganze Verkaufskonzept fand er zum Kotzen. Sicher, es waren keine großen Handelsketten, sondern zum größten Teil kleinere – ja was? – Manufakturen? So hieß das, wenn Designer etwas entwarfen, es in China oder Rumänien von Billigtagelöhnern produzieren ließen und es anschließend für horrende Preise verkauften. Die Zielgruppe: Menschen, die schon alles hatten. Genug finanzielle Substanz war Voraussetzung, um für Überflüssiges viel Geld ausgeben zu können. Die meisten Produkte sahen nur so aus, als wären sie hochwertig gefertigt, lange hielten und etwas Besonderes seien. Doch es war unnützer Luxus. War es aber nicht das Kennzeichen von Luxus, dass er eben unnütz ist? Er schaute, ob er etwas fand, was er gerne hätte. Er fand nichts. Wie gesagt, er hatte ein gestörtes Verhältnis zum Konsum. Oder, wie er fand, ein sehr gesundes.

Und dann diese Cafélounges überall. Ein Aufenthalt in diesem Haus, ohne dass die Menschen etwas konsumierten – der war nicht vorgesehen. Früher hatte er soziologische Bücher über die Gestaltung von Einkaufszentren gelesen. Schon in den 50er-Jahren stellte man komplizierte Berechnungen an, um die Fließgeschwindigkeit des Publikums zu optimieren. Nicht zu schnell sollten sie von einem Schaufenster zum anderen gelenkt werden, doch auch das bloße Glotzen ohne Konsum sollte vermieden werden. Deshalb wurden Bänke und Sitzgelegenheiten entfernt, und Sicherheitskräfte sorgten dafür, dass alles im Fluss blieb. Inzwischen hatte sich das System weiterentwickelt, und wie das so ist: der Kapitalismus integrierte alles. Entschleunigung – ja bitte, lieber Kunde, verweile doch, setz dich einen Moment, genieße unseren Kaffee für vier Euro fünfzig und schau dir die Affen an. Dann betrachte auch das Angebot unserer jungen Kreativen. Wir tun hier so, als wäre auch das Konzept dieses Ladens in einem kreativen Anfall entstanden. Du siehst, unsere Bar ist improvisiert, das Holz ist nicht mal gehobelt, das ist alles ganz ökologisch, nicht aus Kunststoff. Wir nehmen von den jungen Kreativen auch nicht viel Geld, sie haben hier eine tolle Gelegenheit, sich in kleinen Drahtverschlägen zu präsentieren.

Er merkte, dass er sich allmählich in eine Wut hineinsteigerte. Wenn er wenigstens glauben könnte, die jungen Kreativen hätten etwas davon – wenn es sie denn tatsächlich gäbe, die jungen Menschen, die mit Herzblut und Leidenschaft in einer kleinen Werkstatt etwas produzieren, und sie nicht nur die Erfindung einer Kreativabteilung eines Handelsriesens wären – er traute dem Kapitalismus jeden Betrug zu –, dann würden sie hier genauso vorgeführt wie die Menschen, die etwas kaufen sollten.

Plötzlich schien ihm das Europa-Center beinahe eine Art antikapitalistischer Gegenentwurf zum Bikini-Haus zu sein. Dort gab es noch Freiflächen, die tatsächlich nur zum Verweilen gedacht waren – und Objekte wie die Uhren und die Leuchter, Attraktionen, die man sich etwas hat kosten lassen, auch im Unterhalt, ein Luxus, der kostenlos mit dem Publikum geteilt wurde. Im Bikini-Haus wurde die Aussicht auf den vom Land Berlin bezahlten Zoo zur Attraktion gemacht. Oder bekam der Zoo Geld vom Bikini-Haus, weil sie seine Affen vermarkteten? Im Europa-Center war jedes Geschäft dagegen, was es war. Ein Juwelier war ein Juwelier, eine Parfümerie eine Parfümerie, ein Nagelstudio ein Nagelstudio und der Hertha-Fanshop der Hertha-Fanshop.

Und da war er wieder dieser Gedanke: Früher war alles besser. Das war selbstverständlich Unsinn. Dieser Satz war immer falsch, egal, wann man ihn dachte, egal, wer ihn aussprach. Es war eine Ausrede, sich mit der Gegenwart nicht beschäftigen zu müssen. Eine Position in der Schmollecke. Diesen Platz hasste er von ganzem Herzen. Und doch hatte er sich wieder dabei ertappt, selbst herum zu schmollen. Er konnte sich nicht erklären, warum er immer öfter in dieser Ecke landete.

Über all das sprach er nur am Rande mit seiner Begleitung. Schließlich waren beide zu Besuch und nicht in einem politischen Seminar. Sie erzählten von ihrer Arbeit, von anderen Familienmitgliedern. Sie gingen jetzt über den Hardenbergplatz, wo sich Busse, Taxen und Autos drängelten und Fußgänger wieder zu einer störenden Randerscheinung wurden. Er dachte an Christiane F., und schon schoben sich Bilder vom alten Bahnhof Zoo vor die heutigen. Er fragte sich, ob er vielleicht zu sehr in der Vergangenheit lebte.

Als sie in den Tiergarten abbogen, den Weg zwischen dem Zoo und den Bahngleisen entlang, kamen sie an der Kehrseite der glitzernden Konsumwelt vorbei. Unter dem überstehenden Betonbett der Eisenbahnhochtrasse hatten Obdachlose ihre Zelte aufgeschlagen, lagen Matratzen, Schlafsäcke und Einkaufswagen voll Plastiktüten, die den ganzen Besitz dieser Menschen enthielten. Kleine Gruppen saßen mit Bierflaschen in der Hand da und rauchten. Andere schliefen, manche dort, wo sie hingefallen waren, auf der Wiese. Er vermied es, die Leute anzustarren. Und schaute dennoch hin. So wie man nachts in die Fenster der Erdgeschosswohnungen schaut. Man ist neugierig, weiß aber auch, »dass man das nicht tut«. Schließlich versuchte er, die Privatsphäre der Menschen zu respektieren.

Dann saßen sie im Schleusenkrug unter den schattigen Bäumen und tranken Kaffee. Der Weg vorbei an den Obdachlosen beschäftigte auch seine Cousine und ihren Mann. Wie dicht Reichtum und Armut räumlich nebeneinander lagen und wie abgrundtief der Graben dazwischen war. Jeder hing für einen Moment seinen Gedanken nach. Die Sonne schien. Die Menschen um sie herum saßen an langen Bierbänken und aßen spät zu Mittag. Über ihren Köpfen, zwischen den Bäumen gespannt, Lichterketten, die, sobald es dunkelte, die Szene bunt beleuchten würden. Im Kies pickten Spatzen nach heruntergefallenen Krümeln. Ach, Berlin war schon auch toll.

Nach einer kleinen Runde durch den Tiergarten und einer weiteren Rast auf einer Wiese im Halbschatten verabschiedeten sie sich am S-Bahnhof Bellevue. Vielleicht würden sie morgen Abend zusammen noch etwas Essen gehen. Man wollte telefonieren. Sie umarmten sich und fuhren in verschiedene Richtungen davon.

Am frühen Abend war er mit Björn am Schlachtensee verabredet. Er fuhr ein Stück mit dem Fahrrad, schob es dann zwischen den

Fußgängern hindurch den breiten Bürgersteig entlang zur S-Bahn. Er trug das Fahrrad die Stufen zum Bahnsteig hinunter. Dort war es kühler als auf der Straße, doch die einfahrende S-Bahn schob einen Schwall warmer Luft vor sich her. Nur wenige Fahrgäste saßen im Waggon. Er lehnte sein Fahrrad an die Tür und setzte sich auf einen gegenüberliegenden freien Sitz. Nach einer Station tauchte die Bahn aus dem Tunnel auf und fuhr nun durch die Spätnachmittagssonne. Erst jetzt bemerkte er, dass er die ganze Zeit die Sonnenbrille auf der Nase hatte. Er streckte die Füße von sich und lehnte den Kopf an die Fensterscheibe. Döste, dachte an nichts. Am Bahnhof Schlachtensee stieg er aus, er trug das Fahrrad die Treppe hinunter, schob es die Straße entlang. Auf der zum See hin abfallenden Wiese saßen noch einige Gruppen. Auf Decken und Handtüchern bildeten sie bunte Flecken auf dem Grün des Rasens. Unten, fast schon am See auf einer kleinen Mauer saß Björn. Björn stand auf, als er mit dem Fahrrad auf ihn zukam. Sie küssten sich. Dann standen sie einen Moment voreinander, ohne etwas zu sagen. Er hielt mit der einen Hand das Fahrrad, mit der freien Hand zog er Björn noch einmal zu sich heran und lehnte den Kopf an seine Brust. »Müde?«, fragte der Freund. »Nö. Schön dich zu sehen«, sagte er. Sie gingen Hand in Hand am Ufer entlang. Bäume standen am Wasser, dazwischen waren kleine Buchten, in denen Gruppen oder einzelne Menschen saßen und auf den See und die sinkende Sonne schauten. Nur wenige waren im Wasser. Schließlich fanden sie eine Bucht, die nicht besetzt war. Er lehnte sein Rad an einen Baum, holte eine Decke und ein Handtuch aus seiner Tasche und sie setzten sich auf den schmalen Streifen Sand zwischen den Baumwurzeln. Die Abendsonne wärmte, man spürte jedoch, dass es bald angenehm kühl sein würde und nicht so dumpf und stickig wie in der Stadt. Er zog Schuhe und Strümpfe aus und hielt die Füße ins Wasser.

Björn hatte sich inzwischen ausgezogen und stand nun nackt vor ihm. »Gehst du nicht rein?« Er sagte: »Geh ruhig schon, ich komme gleich nach«, und bewunderte Björns trainierten Körper. Wie sehr er diesen Mann begehrte! Er hätte die Hand ausstrecken mögen und ihn berühren, seine Haut, seine Muskeln spüren. Er tat es nicht. Stattdessen setzte er sich auf die Decke. Björn stieg vorsichtig ins Wasser, strebte Schritt für Schritt vorwärts, wobei er sich mit den Händen Wasser ins Gesicht spritzte, bis er sich fallen ließ und mit kräftigen Kraulzügen in den See hinausschwamm.

Das Sonnenlicht auf dem Wasser wechselte vom Nachmittagsgold zum Abendsilber. Er legte sich auf den Rücken und schaute in die Blätter. An manchen Stellen sah er zwischen ihnen den Himmel. Er schloss die Augen und schlief tatsächlich einen kurzen Moment ein. Als er wieder aufwachte, saß Björn neben ihm, Wasser perlte noch auf seiner Haut, seine Arme hatte er um ein Knie geschlungen, den Kopf daraufgelegt und die Augen geschlossen. Er betrachtete ihn ungestört. Die Härchen auf der braunen Haut, die sich aufgestellt hatten, das feine Zittern des Körpers, den geneigten Kopf, die geschlossenen Augen, die Brustwarzen, die fast schwarz waren, der schmale Streifen Schamhaar, der sich bis zum Bauchnabel zog, den Schwanz und die vor Kälte zusammengezogenen Eier, die Narbe am Knie von der Meniskusoperation und die großen Füße. Er wusste, wie sich dieser Körper anfühlte, er wusste, wie sich Lust in diesem Körper anfühlte und er wusste, dass er mehr von ihm wollte als Lust. Er schaute wieder auf das Wasser.

Björn musste ihn schon eine Weile beobachtet haben, als er jetzt den Kopf drehte, denn er beugte sich zu ihm hinüber, küsste ihn und schob eine kalte Hand unter sein T-Shirt. »Du warst ja immer noch nicht im Wasser.« In dem Augenblick klingelte sein Mobiltelefon. Während Björn mit seiner Arbeitskollegin telefonierte, verschwand nun er im Wasser. Es war nicht kalt, aber erfrischend. Er schwamm die ersten Züge schnell, drehte sich bald auf den Rücken und ließ sich einfach treiben, den Blick in den dunkelblauen Himmel. Als er aus dem Wasser kam, schrieb Björn gerade eine SMS. Dann sagte er: »Lass uns was Essen gehen!«, legte das Telefon beiseite und begann, sich anzuziehen.

Sie gingen schweigend. Er schob sein Rad. Der Kies knirschte unter ihren Schritten. Vor ihnen ging eine ältere Frau im Bademantel. Sie trug eine bunte Badekappe auf dem Kopf. Auf der Liegewiese am Ende des Sees lagen Menschen in den letzten Sonnenstrahlen.

Die Fischerhütte war ein großes Restaurant, davor ein Biergarten. Tische standen direkt am See. Aus einem Flachbau heraus wurden Getränke und Speisen verkauft. Er schloss sein Rad an einem Baum an und sie reihten sich in die Schlange vor den Ausgabefenstern ein. Jeder schob ein Tablett vor sich her. Sie bestellten Bier und Schnitzel mit Kartoffelsalat. An der Kasse sagte Björn: »Lass mal, ich lad dich ein.«

Mit dem Tablett in der Hand überblickten sie die Tische, gerade wurde einer frei. Sie setzten sich, aßen, tranken, sprachen über München und diskutierten die Unterschiede zwischen bayrischen und brandenburgischen Biergärten. Sie redeten über Arbeit. Jemand räumte die Teller ab. Die Tische um sie herum waren leer geworden. Sie tranken aus. Unter den Bäumen war es bereits dunkel. Er holte eine Jacke aus seinem Rucksack und zog sie an, bevor er sein Fahrrad losschloss. Sie gingen Richtung

U-Bahn. Hörten die Zündfunken der Straßenlaternen knistern, dann sprangen die gelben Lichter der Lampen an. Am U-Bahnhof trennten sie sich. Er fuhr durch die abendliche Stadt nach Hause. Björn fuhr zu seinem Mann, von dem er sich nicht trennen wollte.

Diesmal fuhr er die ganze Strecke mit dem Fahrrad, brauchte über Halensee, den Ku'damm, unter den Yorckbrücken hindurch, bis Neukölln mehr als eine Stunde. Er hatte Zeit, die Nacht war warm und er genoss den leichten Wind. Den Weg, den er am Morgen mit seiner Cousine gegangen war, fuhr er nun am Abend in entgegengesetzte Richtung. Schon merkwürdig, da kam er manchmal ein halbes Jahr nicht am Europa-Center vorbei und dann gleich zweimal an einem Tag. Er war schon über die Potsdamer hinüber, als er sich überlegte, dass es eigentlich ein schöner Abend wäre, um auf dem Balkon zu kiffen. Das hatte er in den letzten Tagen öfter gedacht. Daher stoppte er am nächsten Kiosk und kaufte lange Blättchen.

Zu Hause drehte er einen kleinen Joint. Nachdem er geraucht hatte, wurden die Gedanken wolkiger, erschienen ihm aber klarer. Manchmal machte es ihm Sorgen, dass er, wenn er gekifft hatte, diese Zufriedenheit verspürte. Er saß auf dem Balkon und dachte nur: Oh, wie schön. Manche sagten, die Droge verstärke das Grundgefühl, das man eh hat. Demnach musste er ein ausgeglichener Mensch sein. Stimmte häufig. Doch auch wenn er an schlechten Tagen kiffte, stellte sich dieses Wohlbefinden ein – er misstraute dementsprechend der Verstärkungstheorie. Er dachte über Björn nach und warum ihm die Männer, die er nicht haben konnte, immer am meisten bedeutet hatten. Nein, Quatsch, so stimmte das nicht. Aber diese großen Schweigsamen, an denen er sich immer wieder versuchte, die hatten ihm noch nie Glück gebracht. Und immer war er ihnen verfallen.

Vielleicht war es aber auch genau umgekehrt. Vielleicht suchte er sich diese Männer aus, weil er das Gefühl brauchte, jederzeit gehen zu können. Sich nicht in Abhängigkeiten zu verstricken.

Ein Bild aus der Vergangenheit, es war fast 20 Jahre her. In der Nacht vom ersten auf den zweiten Januar saß er am Hamburger Hafen auf einem Poller und rauchte. Vor ihm die Docks von Blohm und Voss, still, leer und hell erleuchtet in der Nacht. Es war kalt, frostlos. Er spürte noch die Wärme des Bettes, das er gerade verlassen hatte. Es war kein Streit gewesen, nicht einmal eine Auseinandersetzung. Er hatte nur gefragt, ob ihre Beziehung überhaupt noch eine Chance hätte. Und die Antwort war gewesen: Wenn du dir Mühe gibst, schon. Da war eine Tür zugefallen, nicht mit Knall oder so, er selbst hatte diese Tür in sich geschlossen, war aufgestanden, hatte sich angezogen, seine Sachen genommen und war gegangen. Als er die Wohnungstür hinter sich zu gezogen hatte, war ihm auch klar, dass er nicht wiederkommen würde, dass hier etwas unwiderruflich zu Ende war. Lange hatte er damals an der Elbe gesessen, war dann durch die menschenleere, Innenstadt zum Hauptbahnhof gegangen, hatte dort einen Kaffee getrunken und auf den ersten Zug nach Berlin gewartet. Zwei Jahre lang war er fast jedes Wochenende von Berlin nach Hamburg gefahren. Jetzt war er wütend und enttäuscht. Er sah sich von außen, sah sich mit dem Kaffee in der hohen Bahnhofshalle stehen, in der noch kaum Betrieb war. Es war cool, so zu gehen, ohne Geschrei und Getue. Es war so, wie er sich Erwachsensein vorstellte. Eine Inszenierung und seine Rolle gefiel ihm.

Das Gefühl, allein mit sich, mit seiner Unabhängigkeit zufrieden zu sein, sich darin komplett zu fühlen, schien ihm an Tagen wie diesen eine Stärke. Aber an schlechten Tagen schien es die Wurzel allen Übels zu sein. Sich nicht auf etwas, auf jemanden einlassen zu können. Immer auf dem Sprung zu sein. Überall zu Hause und nirgends. »Freedom's just another word for nothin' left to lose.«

Doch er verlor er den Faden. Die Erkenntnis, die eben noch so naheliegend war, war plötzlich verschwunden, der Kreis wollte sich nicht mehr schließen und die Gedanken verwirrten sich. Er ging ins Bett.

## 5

Am nächsten Morgen wachte er nach tiefem traumlosem Schlaf auf und fühlte sich ein bisschen wie in Watte gepackt. Das kam vom Kiffen und war ein Zustand, den er nicht mochte. Er ging nach einer ersten Tasse Tee aus dem Haus und setzte sich mit Cappuccino und einem Croissant vor die kleine Bäckerei in die Sonne.

Er hatte vorher verschiedene Teile von verschiedenen Zeitungen eingesammelt, die auf den Tischen herumlagen, nun begann er zwischen den Zeitungen und den Ressorts wechselnd zu lesen. Schon bald verlor er die Lust daran. Eigentlich war er an Politik interessiert, doch immer öfter, las er nur noch die Überschriften. Krise, schon das Wort konnte er nicht mehr hören. Schuldenkrise, Bankenkrise, Krise Europas, Nahostkrise oder Nordkoreakrise. Und wenn es keine Krisen waren, dann waren es Putin und Erdoğan, Orbán oder Kaczyński, die die Nachrichten bestimmten. In Deutschland seit Jahren nur Merkel, Seehofer, neue und alte Rechte und selten irgendwer von der SPD.

Er las die Meldungen und es blieb merkwürdig still in ihm. Früher hatte er eine klare Meinung. Entweder man war Teil des Problems oder man war Teil der Lösung. Auch wenn seine Sympathien für die RAF stets sehr gering gewesen waren, Holger Meins hatte schon richtige Sachen formuliert. Wie auch Ulrike Meinhof. Er hatte früher viel Zeit in Arbeitsgruppen und auf Vollversammlungen verbracht, hatte Flugblätter geschrieben, Demos und Soliveranstaltungen organisiert. Irgendwann hatte er damit aufgehört. Nicht nur er. Ihm schien, als hätten sich die Zusammenhänge, in denen er sich damals bewegt hatte, aufgelöst. Jeder und jede begann, sich um Job und Haus und Familie und Kinder zu kümmern. Die anderen gingen zu den Grünen und machten Politik zu ihrem Beruf.

80 Prozent von dem, was in der Zeitung stand, fand er zum Kotzen. Er saß nur noch als Beobachter am Rand und schmollte. Er fand sein Genöle über Politik unerträglich, er wusste allerdings nicht, wie er da wieder rauskommen sollte. Der Glaube war verschwunden, die Hoffnung darauf, dass man etwas ändern könne in diesem verfickten System. Früher war er Teil einer kleinen radikalen Minderheit. In dem Kreis, in dem er sich bewegte, schienen Veränderungen greifbar, war ein besseres Leben vorstellbar. Jetzt waren die Verblendungszusammenhänge übermächtig. Jetzt war er ratlos.

Er ließ die Zeitung auf dem Tisch liegen und brachte seine Tasse zum Tresen. Er wechselte einige Sätze mit der Verkäuferin. »Fährst du noch weg oder bleibst du den Sommer in Berlin?« »Von mir aus müssten wir nicht weg. Aber wegen der Kinder, da muss man schon …« »Wo fahrt ihr hin?« »Na, wie immer, in die Türkei, zur Familie. Die Großeltern wollen die Kinder sehen.« »Und wann fahrt ihr?« »Ende nächster Woche« »Da sehen wir uns vorher noch. Schönen Tag.« »Tschüss.« »Tschüss.«

Er war schlecht gelaunt und wusste nichts mit dem Tag anzufangen. Dabei war es ein weiterer Urlaubstag. Er sollte ihn genießen. Sollte ins Grüne fahren. Aber er ging nach Hause, zog die Gardinen zu und legte sich wieder ins Bett. Er schlief fast augenblicklich ein. Als er aufwachte war es früher Nachmittag.

Er erinnert sich an die SMS, die er gestern bekommen hatte:

»liebe freundinnen der kunst, morgen eröffnet die spanische malerin maria riposa ihre ausstellung bei uns in der galerie. ab 19 uhr sehen wir uns auf der o-straße. ich freu mich drauf! es grüßt, U.«

Er ging häufig zu den Ausstellungseröffnungen in der kleinen Galerie auf der Oranienstraße. Meistens nicht wegen der ausgestellten Bilder, sondern wegen des sozialen Events. Man traf nette Leute, und der große Vorteil an einer Galerie wie dieser war: man traf keine wichtigen Leute.

Als er sich gegen acht auf den Weg machte, war es immer noch heiß. Vor der Galerie stand schon eine kleine Traube von Menschen. Er begrüßte einige Bekannte, dann ging er die drei Stufen hoch und betrat den Laden, einen fast viereckigen Raum mit hohen Wänden. An der Kopfseite führte eine Metalltreppe zu einer improvisierten Bar. Nur wenige standen im Raum, in dem es heiß und stickig war. Er guckte sich die Bilder an, einige fand er nicht schlecht, auch wenn sie alle für seinen Geschmack viel zu bunt und zu plakativ waren. Hinter der Bar stand Ulli, der Besitzer der Galerie. Sie sprachen ein paar Sätze. Er bestellte sich ein Bier. »Ich bezahle nachher.« »Mach das.« Er nahm einen großen Schluck und staunte, das Bier war tatsächlich kalt.

Wieder auf der Straße setzte er sich vor das große Fenster auf den schmalen Sims und beobachtete die Menschen. Neben ihm saß Katharina. Man kannte sich seit Jahren, so wie man sich eben in Kreuzberg kannte. Sie hatte früher in einer Bar gearbeitet, in der er häufig verkehrte. Seitdem sprach man miteinander, man wusste voneinander, man mochte sich, es kam aber auch vor, dass man sich zwei Jahre lang nicht über den Weg lief, das war auch nicht schlimm. »Na, Kind verkauft?«, begann er das Gespräch. »Die Kleine ist bei den Schwiegereltern übers Wochenende. Die haben ’ne Datsche bei Zossen, da kann sie den ganzen Tag im Garten spielen.« »Geht sie eigentlich schon in die Schule?« »Ne, jetzt nach den Sommerferien geht’s los.« »Das wird sicher noch spannend.« Während er weiter mit Katharina über ihre Tochter und die Schule sprach, musterte er eine Gruppe junger Spanier, die ihre Getränke auf dem Telefonkasten an der Straße abgestellt hatten.

Es waren vier Männer und zwei Frauen, alle zwischen Mitte 20 und 30, die sich angeregt unterhielten. Warum Spanier immer so laut sein mussten, fragte er sich. Das war wahrscheinlich das Temperament. Er fand es eigentlich immer anstrengend.

Jetzt passte es jedoch zum Abend. Die Hitze, die untergehende Sonne über der O-Straße, das kühle Bier, die Menschen in T-Shirt, kurzer Hose und Flip-Flops. Kreuzberg im Sommer. Und es war nicht zu unterscheiden, wer Tourist war und wer schon seit 30 Jahren hier lebte, außer vielleicht anhand der Gelassenheit, mit der Alteingesessene die Szenerie beobachteten. Bei diesem Gedanken musste er lächeln, und als er aufsah, fühlte er sich von einem der jungen Spanier beobachtet. Er war klein, hatte schwarzes, an den Seiten kurz rasiertes Haar, einige längere Strähnen schauten unter einem Basecap hervor. Ihre Blicke trafen sich. Er sprach weiter mit Katharina über Kind und Kegel, seine Aufmerksamkeit aber wanderte immer öfter zu der Gruppe hinüber.

Als Katharina schließlich neben ihm aufgestanden war, um sich ein neues Bier zu holen, blieb ihr Platz einige Minuten frei. Dann setzte sich der junge Spanier neben ihn. Sein Gesicht war schmal und scharf geschnitten, in der Nase trug er einen dünnen offenen Ring, im linken Ohr eine schwarze Schraube, die mit einer silbernen Mutter verschraubt war. »Do you speak English?«, fragte der andere. »Yep« war alles, was er mit einem Grinsen antwortete. Er war neugierig, wie der andere das Gespräch beginnen würde. »Are you interested in art?« »I know the owner.« »I know the artist.« »I think, that are the only two possibillities why you could be here tonight.« »But it is a nice place.« »Yes, and it is one of the best places to sit in Oranienstraße in a summernight like this. You want one more beer?« »Yes, why not.« Als er mit den zwei Flaschen Bier wiederkam, kramte der Spanier nach seinem Geld. Er schüttelte den Kopf.

Sie tranken Bier, die Sonne war inzwischen untergegangen. Der Spanier hieß Jorge, war aus Madrid und schon seit zwei Wochen in Berlin. Die anderen, die immer noch in einer kleinen Gruppe zusammenstanden, waren Freunde von ihm, die seit vorletztem Winter in Berlin lebten.

Er hatte dergleichen in der Zeitung gelesen. Viele junge Spanier, auch Griechen und Portugiesen waren in den letzten Jahren nach Deutschland gekommen, weil sie in ihren Ländern keine Aussichten auf Erfolg hatten. Er sah die Menschen dort stehen, aber die Gründe, warum sie hier waren, kannte er nur aus den Medien. Und er zweifelte, dass es wirklich um Erfolgsaussichten ging. Selbstverständlich sagt man vor einem Mikrofon, dass man nach Deutschland gegangen sei, um zu lernen, zu studieren und Geld zu verdienen. Und natürlich ging man, wenn man Anfang 20 war und etwas ausprobieren wollte, nach Berlin, weil das Leben hier billig war, weil es hip war, weil man so einige tausend Kilometer zwischen sich und sein Elternhaus legen konnte. So hatte er selbst es ja auch gemacht. Er war zwar nicht so weit gegangen, dafür lag damals jedoch eine schwer bewachte Grenze zwischen ihm und seinen Eltern. Auch er hatte in seiner westdeutschen Kleinstadt keine Chancen mehr für sich gesehen. Er war sich nicht sicher, ob das etwas so komplett anderes gewesen war. Die jungen Leute, die hier eine kleine Tapasbar aufmachten oder versuchten, in irgendeinem Start-up Fuß zu fassen, hätten genauso gut in Spanien studieren können, in einer Bar oder in einem Callcenter arbeiten können. Es war halt nicht interessant genug – Chance hin oder her.

Andererseits – gab es in den verarmten europäischen Ländern wie Spanien, Portugal und Griechenland noch vergleichbare Aufstiegschancen, gab es noch genug Arbeitsplätze?

Hier war nun jemand, den er nach seinen Motivationen fragen konnte. Jorge wollte gar nicht in Berlin bleiben. Er war zu Besuch und würde nach Madrid zurückkehren. Er lebte in einem besetzten Haus, er studierte noch und erhielt von seinen Eltern monatlich etwas Geld. Zusammen mit dem, was er in einer Bar verdiente, und der Miete, die er nicht zahlte, erlaubte ihm das ein gutes Leben. Berlin fand er toll, aber zu Hause war er in Madrid, das sagte er mit Bestimmtheit.

Das nächste Bier hatte dann Jorge geholt. Inzwischen war es dunkel geworden, die Straßenlaternen brannten, vor den Spätis saßen Menschen um Bierflaschen. Es war noch immer tropisch warm, er fand plötzlich, er hatte lang genug vor der Galerie gesessen. Er sagte also: »I would like to go.« »You want to go alone?« Er war überrascht und wusste nicht genau, wie er das jetzt verstehen sollte. Er beließ es daher im Unverfänglichen. »No, if you want, just for a walk through our little village.« »Fine«, sagte Jorge.

Er ging an die Bar, um sich von Ulli zu verabschieden, Jorge ging zu seinen Freunden hinüber, die die ganze Zeit neugierig herübergeschaut hatten. Sie sprachen ein schnelles Spanisch, von dem er kein Wort verstand. Er stand einen Moment in der Tür und beobachtete sie. Die Männer wirkten nicht schwul – bei den jungen Leuten war er sich da allerdings schon lange nicht mehr sicher. Lautes Gelächter, als Jorge mit der Hand winkte und sich zu ihm umdrehte. »What was so funny?«, fragte er. »They say, you are too old for me. But I think, I am too young for you.« »Yes, that is right, but not to go for a walk.«

Sie gingen die belebte O-Straße hinunter. Jetzt, wo sie ihren festen Platz verlassen hatten, merkten sie erst, wie voll es war. Türkische Jugendliche mischten sich mit aufgedrehten Touristen. Sie gingen über Kottbusser Tor, unter der Hochbahn hindurch, Richtung Kanal. Auf der Admiralbrücke saßen Gruppen mit Gitarren und Bierflaschen. Dazwischen stand ein Mannschaftswagen der Polizei, die Bullen gingen von Gruppe zu Gruppe und forderten diese in allen Sprachen, die sie beherrschten, zum Gehen auf. Die Stimmung war so, als hätte man in einem Partykeller auf einmal das Licht angeknipst oder als wären die Eltern plötzlich nach Hause gekommen.

Vor der Eisdiele waren bereits die Stühle zusammengestellt, doch es stand noch eine kleine Schlange an. Jorge und er stellten sich dazu. Nuss und Vanille. Zitrone und Heidelbeere. Jeder zwei Kugeln. Sie bezahlten getrennt.

Sie gingen fast schweigend weiter durch die Straßen, die deutlich ruhiger waren. Erst am Kottbusser Damm saßen wieder junge Menschen vor den Spätis. Bei dem regen Autoverkehr fielen ihre aufgeregten Stimmen kaum auf. Es war nicht einmal Mitternacht. »What are you up for tonight?«, fragte er. »Sex, maybe?«, antwortete Jorge. »Ups.« Er hatte es gehofft, aber nicht erwartet. »And you think about a special person?« »What's about you.«

»You mean, you want to have sex with me?« Jetzt war es Jorge, der mit einem einfachen »Yep« antwortete und beide mussten grinsen. Er zog ihn an sich und küsste ihn auf den Mund. Das war eine Antwort. Sie gingen ein paar Schritte schweigsam, Hand in Hand. »Where do you want to go?« »Your place.« Er hatte es vermutet, und sie waren bereits wenige Schritte vor seiner Haustür. Als sie vor der Wohnung standen, sagte er: »Don't look at the flat, I am renovating my kitchen.« Dabei überlegte er sich, dass »renovating« wahrscheinlich gar nicht das richtige Wort war, es fiel ihm jedoch kein anderes ein. Jorge grinste wieder und sagte: »Don't worry. It's not about interior design.« Er schloss die Tür auf und sagte: »Better is.«

# 6

Als er am nächsten Tag aufwachte, war es bereits Mittag. Ein leichter Wind blähte die Vorhänge und ließ dazwischen den blauen Sommerhimmel sehen. Sie waren eingeschlafen, als es bereits hell wurde. Er hatte angenommen, dass Jorge nach dem Sex gehen würde, war überrascht, als der die dünne Bettdecke über sich zog und fragte: »Can I stay?« »It's a pleasure for me«, hatte er gesagt und die zweite Bettdecke geholt.

Es war seltsam, wie diese Sätze in einer fremden Sprache die Kommunikation veränderten. Ihm war, als wäre es nicht er, der hier in seinem Bett lag, als wäre der andere nur eine Figur aus einer Geschichte, die er las. Wenn sie nicht sprachen, wenn die Kommunikation im Fühlen und Spüren, im Schmecken und Riechen bestand, dann war Jorge so nah, wie ihm schon lange kein Mensch mehr gekommen war. Auch der Altersunterschied war wie weggewischt. Die Jahre, die er älter war, spielten keine Rolle. Vielleicht, dass ihm das Besondere dieser Nacht bewusster war. Aber das war nur eine Vermutung. Er konnte nur ahnen, was es für Jorge war. Er genoss es, dass Gestern und Morgen keine Rolle spielten, dass die Welt klein wurde und aus wenigen Quadratmetern bestand und einem Mann, den er liebte. Liebe. Er wusste im Augenblick kein anderes Wort dafür.

Liebe, das waren Momente, manchmal, so wie jetzt auch, Stunden, es war jedoch kein Dauerzustand. Das, was andere darunter verstanden, das war für ihn Vertrauen, Nähe, Geborgenheit, Bindung, Zugehörigkeit. Dafür fand er viele Wörter. Für den Moment, wo ihn die Wörter verließen, wo nur noch der andere da war, so sehr da war, dass kein Platz mehr war für etwas anderes, dafür fiel ihm nur das Wort Liebe ein.

Er hatte den Kopf in die Hand gestützt und betrachtete Jorge, der, den Kopf in die Armbeuge gelegt, von ihm abgewandt schlief. Leise schlüpfte er aus dem Bett, ging unter die Dusche und kochte Kaffee.

Er saß bereits auf dem Balkon in der Sonne, als er nackte Füße auf den Dielen hinter sich tapsen hörte. Er drehte sich nicht um. Jorge stand bald hinter ihm, legte seine Hände leicht auf seine Schultern. Er lehnte den Kopf an seinen Bauch. Dann zog Jorge einen Stuhl heran und setzte sich neben ihn. Sie schauten sich an, ohne zu sprechen.

Er sah die kurzen schwarzen Haare, die dunklen Augen, die glatte Haut. Es war das Unbekümmerte, was ihn faszinierte. Das Leben hatte noch kaum Spuren in diesem Gesicht hinterlassen. Er fand auch alte Gesichter schön, Gesichter, in deren Falten sich die Ereignisse eines ganzen langen Lebens ablesen ließen. Aber wenn er Jorge anschaute, sah er all die Dinge, die zum ersten Mal erlebt werden wollten, sah er die Neugier und die Erwartung. Und es gefiel ihm so sehr, weil er selbst eine Sehnsucht hatte nach solch frischen, unverbrauchten Empfindungen.

»Coffee?«, fragte er schließlich. Jorge nickte.

Sie saßen lange so. Das Gespräch tröpfelte. Immer wieder entstanden Pausen. Es war nicht wichtig, sie zu füllen. Er hatte Musik angemacht. David Bowie. Er hatte gefragt: »Is it okay? Do you like him?« Eigentlich war es ihm egal, er wollte jetzt gerne genau das hören. In Bowies Musik hörte er immer das große Pop-Versprechen, dass man so sein konnte, wie man wollte, dass es immer vorwärts ginge. Der Preis dafür war hoch: allein und eingeschlossen in einer kleinen Blechdose irgendwo zwischen der Erde und dem Mars zu fliegen. Selbst darin war ein Versprechen, denn: »The stars look very different today.« Das funktionierte auch in der knalligen Mittagssonne auf dem Balkon. Es hätte ihn schon interessiert, ob es für Jorge Musik oder Musiker gab, die eine ähnliche Bedeutung hatten, für die Frage danach reichte sein Englisch jedoch nicht aus. Er fürchtete, sich in Gestotter zu verheddern. Und es war auch nicht wichtig.

Gegen halb sechs bekamen sie Hunger und gingen zu dem Thailänder zwei Straßenecken weiter. Es war noch ziemlich leer an den Tischen, die im Schatten einer großen Markise im grünen Licht lagen. Erst später würden sich die Bänke füllen. Jetzt saßen sie fast allein, nebeneinander mit Blick auf die Straße, und sahen Mütter mit quengelnden Kindern und kleine Gruppen junger Männer mit Vollbart und Club-Mate-Flaschen in der Hand. Manchmal hatte er den Verdacht, dass diese Flaschen zum Styling gehörten. Tagsüber Club Mate, abends Bier. Er dachte: Wahrscheinlich steht eine kleine Auswahl angebrochener Flaschen bei diesen Leuten neben der Tür und so, wie sie den Schlüssel in die Tasche stecken, greifen sie eine dieser Flaschen, wenn sie auf die Straße gingen. Später, wenn sie nach Hause zurückkommen, stellen sie die Flaschen wieder an ihren Platz. Dann bemerkte er, dass die Leute, über die er sich gerade lustig machte, in Jorges Alter waren und dass es nicht fair war, ihnen nur Gehabe zu unterstellen. Es war eben Teil des Lifestyles. So, wie er früher in selbstgestrickten Pullovern herumgelaufen war. Darüber hatten sich bestimmt auch viele lustig gemacht.

Jorge fragte ihn aus über Westberlin. Schon vorgestern hatte er auf dem Spaziergang mit seiner Cousine Fragen beantwortet. Jetzt sollte er schon wieder erklären, was das war – Westberlin. Inzwischen gab es Bücher, Filme, Dokumentensammlungen über diese Zeit, sie wurde immer mehr zu einer besonderen Epoche erklärt. Seine eigene Geschichte war ein Teil davon. Damals, als er nach Berlin kam, da war es einfach nur eine Realität von vielen möglichen. Es war Alltag. Ja, natürlich, die Mauer war da, die Passabfertigung am Transit, die Fahrt über die holprige Autobahn, bis man in Westdeutschland ankam, begrüßt von dem Schild »Sie fahren immer noch auf deutschen Straßen«. Das war absurd, sicher, doch in seinem Alltag spielte das seinerzeit keine Rolle. Man arrangierte sich damit und tausend Dinge waren wichtiger.

Den besonderen Schimmer hatte dieses Westberlinleben erst später bekommen. Als es längst eine vergangene Zeit war. Sie würde nicht wiederkommen. Und was an manchen Tagen schwerer zu ertragen war: Er würde nie wieder 25 sein. Das versuchte er gar nicht erst zu erklären, sondern er erzählte Anekdoten. Die wollte Jorge hören. Und immer wieder sagte er »unbelievable«.

In all den Jahren, als es die DDR noch gab, war er selbst vielleicht zwei-, dreimal im Osten gewesen. Meist gab es für ihn keine Welt auf der anderen Seite der Mauer. Er erinnerte sich an einen hellen Frühlingstag. Die Sonne war drückend gewesen und sie hatten sich mit Decken und Büchern auf einem schmalen Streifen Niemandsland zwischen Kanal und Mauer niedergelassen. Sie hatten den Nachmittag mit Rauchen und Reden verbracht. Nun, gegen Abend, waren dunkle Wolken aufgezogen. Sie räumten zusammen, als aus dem hohen Wachturm hinter ihnen auf der anderen Seite der Mauer eine Stimme etwas falsch, doch unverkennbar gesungen hatte: »Am Tag als der Regen kam, lang ersehnt, lang …« Es war der 26. April 1986 gewesen. Weit hinter dieser Mauer war gerade ein Atomkraftwerk explodiert. Die Nachricht davon hatte den Westen zeitverzögert erreicht. Nicht nur ihn. In Ostberlin gab es in diesem Sommer Unmengen von frischem Salat und frischem Gemüse aus Polen. Es hatte sich wegen der Strahlenbelastung nicht mehr in Westberlin verkaufen lassen.

Als sie gegessen, geeisten Ingwer-Limetten-Tee und danach noch einen thailändischen Kaffee getrunken hatten, gingen sie zurück in seine Wohnung. Inzwischen war seine Erzählung schon beim Mauerfall angekommen. »I was so disappointed over the Wiedervereinigung«, sagte er, als sie nun mit einem Bier in der Hand wieder auf dem Balkon saßen und rauchten. »No, disappointed is not true. It was bullshit and it was the end of an illusion.« Anders als erwartet kam von Jorge keine Nachfrage, er schien das zu verstehen. »The people in the East wanted the D-Mark and the television, and the people in the West wanted no longer a different political system next to Bundesrepublik.« Tatsächlich hatte er damals kurz geglaubt, es würde sich etwas Neues in der ehemaligen DDR entwickeln. Etwas, das sozialer und weniger kapitalistisch war als der Westen. Dass es anders kam, hatte ihn enttäuscht, und es hatte seinen Glauben an die Veränderbarkeit politischer Systeme grundsätzlich erschüttert. Damals glaubte er zu verstehen: Es gewinnt immer der, der über das Kapital verfügt, denn Kapital ist Macht, alle anderen Interessen haben sich diesem unterzuordnen. So ist es, so bleibt es. Und auch das, was sich 40 Jahre lang Sozialismus genannt hat, kann daran nichts ändern. Geld und Konsum, Erfolg und Einfluss, das wollen die Menschen.

Seither hatte er diesen Glauben kaum mehr hinterfragt. Das verstand Jorge gut. Spanien war gerade durch Jahre gegangen, in denen es um nichts anderes ging: Geld und Macht – nur hieß es dort Bankenkrise, Sparpolitik, Rettungsschirm. Auch dort riefen Menschen so etwas wie »Wir sind das Volk«. Es waren viele, sie wurden nicht gehört. Trotz aller Proteste stiegen die Preise und die Mieten, und die Arbeitsplätze wurden gestrichen und Firmen mussten schließen. Und auf dem Volksgedanken setzen erstarkende rechte Parteien auf. Aber Jorge hatte die Hoffnung, dass sich doch etwas verändern ließ. Dass es eine linke Bewegung neben den etablierten Parteien geben konnte, die etwas veränderte. Er betrachtete Jorge lange. Vielleicht war es so, er kannte die spanischen Verhältnisse nicht gut genug, doch er war nicht optimistisch.

Während des Gesprächs hatte Jorge einen Joint gebaut. Sie kifften und schauten in die Abendsonne. Noch immer fast 30 Grad, immerhin aber wehte angenehm ein leichter Wind. Sie verschwanden im Schlafzimmer, hatten Sex und lagen danach dösend auf dem Bett, als sein Telefon klingelte. »Kommst Du zum Massengeburtstag?« »Ach, stimmt, das hab ich fast vergessen.« »Kommst Du?« Er hatte schon Lust, wollte sich jedoch nicht sofort festlegen. »Ich denke schon, aber ich weiß noch nicht wann. Die Show ist um elf?« »Auf der Einladung steht um zehn, dann wird es nicht vor elf losgehen.« »Na, ich schau mal. Bis gleich.« »Bis gleich.«

»You have forgotten something?«, fragte Jorge. »Yes, some friends are celebrating a big birthday party tonight.« »But that's fine with me. I want to meet Larissa and Sergio later on. We want to go to that place called About Blank.« Kurz musste er schlucken, da Jorge offenkundig nicht annahm, dass er mitkommen wollte. Dann überlegte er, wann er zuletzt im About Blank gewesen war, wie lange er Jorge kannte und ob er wirklich dort hinwollte. Schließlich fand er es selbst blöd, gefragt werden zu wollen, nur um dankend ablehnen zu können. Aber Jorge grinste und sagte: »Okay, then let us go to this birthday party.«

Es dauerte dann selbstverständlich doch fast zwei Stunden, bis sie das Haus verließen, so dass es kurz vor elf war, als sie das kurze Stück Weg am Kanal entlanggingen, das zu jenem kommunal betriebenen Statthaus führte, in dem die Party stattfand.

Etwas zurückgesetzt lag der Flachbau aus den 70er-Jahren, davor ein Bolzplatz mit Toren, Basketballfeld und einer Halfpipe für die Skater. Der Charme eines frisch renovierten Jugendzentrums empfing sie. Am Eingang stand Security und begrüßte sie mit einem Schnaps aus kleinen Plastikbechern, die auf großen Tabletts neben dem Kassentisch standen. Auf dem Boden schwarze, rutschfeste Flachnoppen. Im Durchgang zwischen Vorraum und Veranstaltungshalle war ein Buffet aufgebaut, obwohl auf der Einladung gestanden hatte: »Esst zu Hause, bei uns gibt's nix«. Auf der anderen Seite des Flures eine Bar. Tunten im Fummel hinter dem Tresen. Eine lange Schlange davor, niemand war ungeduldig. Manche sprachen, andere guckten, langsam rückte man vor. Jorge und er stellten sich an. Als sie endlich ein Bier in der Hand hielten, drängten sie in die große Halle. Das Parkett war neu und sah schon abgenutzt aus. Große Boxen und Schweinwerfer hingen unter der Decke. Sie standen am Rand und schauten in den Saal, der zur Hälfte gefüllt war. Obwohl die Show bereits vor einer Stunde hätte anfangen sollen, sah es nicht so aus, als würde es bald losgehen.

Er überlegte, was Jorge sah. Für ihn selbst war es ein Familientreffen. Einige der Anwesenden sah er regelmäßig, andere hatte er ewig nicht gesehen. Gesichter der Vergangenheit tauchten auf. Großes Begrüßen und Zuwinken. Bei manchen freute er sich ehrlich, bei manchen hoffte er, dass sie ihn nicht ansprechen würden. Mit manchen war er im Bett gewesen, mit manchen wäre er gerne ins Bett gegangen, manche fand er schon immer blöd. Er stellte Jorge vor, beobachtete die Reaktionen, aber niemand zuckte auch nur mit der Augenbraue. Einer, der ihn sonst höchstens mit einem kurzen Nicken begrüßte, blieb stehen und begann ein Gespräch. Als er merkte, dass Jorge kein Deutsch verstand, wechselte er ins Englische. Der Kaumgrüßer fragte Jorge, wie ihm denn Berlin so gefalle und ob er für länger hier sei. Er musste dabei unvermittelt grinsen: Menschen sind so leicht zu durchschauen. Doch es war okay.

Schließlich begann die Show. Er zog Jorge nach vorne an die Bühne. Renate brachte eine ihrer Erfolgsnummern. »Fever« in einer spanischen Version, und obwohl er diese Playbacknummer schon dutzende Male gesehen hatte, war er wieder davon überrascht, wie perfekt sie sogar im Playback lispeln konnte. Leider wusste er das Wort für Lispeln nicht auf Englisch. Jorge hatte auch so Spaß daran. Melitta brachte »Schrei nach Liebe« von den Ärzten. Sie sang die erste Strophe, rief ein lautes »Arschloch!« ins Mikrofon und verließ die Bühne. Sie wusste, wann ein Lied zu Ende war und alle Wiederholungen und weitere Strophen überflüssig waren.

Dann brachten die vier Geburtstagskinder noch eine Vollplaybacknummer. Dass nach all den Jahren immer wieder Lieder auftauchten, die er noch nicht kannte, kam selten vor. Doch diese Nummer kannte er noch nicht und war begeistert. Es war ein Lied von Freddy Quinn, der Text war einfach unglaublich: »Wer will nicht mit Gammlern verwechselt werden? WIR! / Wer sorgt sich um den Frieden auf Erden? WIR! / Ihr lungert herum in Parks und in Gassen, / wer kann eure sinnlose Faulheit nicht fassen? WIR! WIR! WIR! // Wer hat den Mut, für euch sich zu schämen? WIR! / Wer lässt sich unsere Zukunft nicht nehmen? WIR! / Wer sieht euch alte Kirchen beschmieren, / und muss vor euch jede Achtung verlieren? WIR! WIR! WIR!« Er musste lachen. Dieser Text war ja mal völlig ernst gemeint. Politischer Schlager! Aus den 1960er Jahren! »Denn jemand muss da sein, der nicht nur vernichtet, / der uns unseren Glauben erhält, / der lernt, der sich bildet, sein Pensum verrichtet, / zum Aufbau der morgigen Welt.« Jetzt lachte er lauthals! »Die Welt von Morgen sind bereits heute WIR! / Wer bleibt nicht ewig die lautstarke Meute? WIR! / Wer sagt sogar, dass Arbeit nur schändet, /so gelangweilt, so maßlos geblendet? IHR! IHR! IHR!« Er hustete bereits vor Lachen. Selbst Jorge lachte, obschon er den Text nicht verstehen konnte. »Wer will nochmal mit euch offen sprechen? WIR! / Wer hat natürlich auch seine Schwächen? WIR! / Wer hat sogar so ähnliche Maschen, / auch lange Haare, nur sind sie gewaschen? WIR! WIR! WIR!« Er hustete so, dass er jetzt einige Zeilen des Songtextes nicht verstehen konnte. »Wer hat noch nicht die Hoffnung verloren? WIR! / Und dankt noch denen, die uns geboren? WIR! / Doch wer will weiter nur protestieren, / bis nichts mehr da ist zum Protestieren? IHR! IHR! IHR!«

Er versuchte nach der Performance, zumindest in Ansätzen, den Text zu übersetzen, aber Jorge winkte ab. Der Spanier hatte genug verstanden, um zu wissen, worum es ging. Und außerdem wurde es für Jorge Zeit, sich mit seinen Freunden zu treffen. Während nun eine Band aufbaute, gingen sie vor die Tür. Zum Rauchen.

Dies war eine Nichtraucherparty, schließlich war man in einem Jugendzentrum. Das hätte es früher auch nicht gegeben und war das Gesprächsthema vor der Tür. Ihn störte es nicht, inzwischen fand er es meistens sogar ganz angenehm, nicht in einer verrauchten Halle stehen zu müssen. Jorge und er küssten sich zum Abschied. Dann verschwand seine spanische Bekanntschaft im Dunkeln unter den Bäumen.

Er zündete sich eine zweite Zigarette an und ging zum Kanal. Saß auf der Ufermauer und sah zum hell erleuchteten Urban-Krankenhaus hinüber. Eine Ratte lief auf ihn zu, bemerkte ihn, hielt kurz inne, machte schließlich aber nur einen kleinen Bogen um ihn herum und lief weiter.

Als er in die Halle zurückkehrte, hatte die Band ihre ersten Songs gespielt. Das Bier war ausgegangen und Renate, natürlich in Fummel und Stöckeln, hatte versprochen, mit einem Taxi Nachschub zu besorgen. Nun trat Sonja Sunkist als Special Guest auf. Sie sang »Jackson« von Johnny Cash. Das war wirklich gut, die Band sonst eher nicht so sein Geschmack. Trotzdem hörte er sich auch die letzten beiden Nummern an. Dann plauderte er noch lange mit bekannten und unbekannten Gesichtern.

Es wurde bereits hell, als er sich auf den Weg nach Hause machte. Er liebte diese Morgenstimmung. Ein bisschen angetrunken schlenderte er am Kanal entlang und erfreute sich an der Veränderung des Lichtes. Lange stand er an der menschenleeren Admiralbrücke. Hier hatte er vor 20 Jahren oft gesessen, damals guckten die Menschen komisch, wenn dort jemand in die Abendsonne schaute. Heute war es ein Platz, der in allen Reiseführern empfohlen wurde. Doch am Sonntagmorgen um halb sieben war kaum ein Mensch auf der Straße. Hundebesitzer führten ihre

Lieblinge spazieren und zwei vereinzelte Jogger schnauften an ihm vorbei. Vorhänge wehten aus offenen Fenstern, Sonnenstrahlen fielen schräg durch die Blätter der Platanen. Die Vögel zwitscherten aufgeregt, davon abgesehen war es so still, dass er seine Schritte auf der Straße hörte. Als er den Kottbusser Damm überquerte, saß ein Mann mit einem Becher Kaffee vor dem Spätkauf. Sein Herz machte einen Hüpfer. Es war Jorge. Er hatte nicht damit gerechnet. Sie grienten sich an. Ohne etwas zu sagen, küssten sie sich, dann holte er sich auch einen Kaffee, setzte sich zu ihm und zündete sich eine Zigarette an. »Is it by chance or on purpose?«, fragte er. »I ring at your door and then I decided to drink a coffee.« »Do you have no place to stay?« »No, why do you ask? I want to see you.« »I am a lucky man.« Er nahm Jorges linke Hand und küsste die Handinnenfläche. Dabei kam ihm diese Geste albern vor, daher drückte er nur noch kurz seine linke Hand, bevor er sie wieder losließ. Sie saßen eine kleine Weile schweigend und blickten auf die Straße.

Als sie sich getrennt hatten, hatten sie nicht über ein weiteres Treffen gesprochen. Sie hatten schon vorher Telefonnummern getauscht, doch er hatte es nicht zu hoffen gewagt, ihn wiederzusehen. Er war nie der Typ gewesen, der anderen hinterhertelefonierte. Entweder es ergab sich oder es ergab sich nicht. Wenn er spürte, dass der andere einem Treffen auswich, war die Geschichte für ihn vorbei. Jetzt neben Jorge zu sitzen, machte ihn glücklich. Er hatte sich verliebt. Er wusste nicht, was Jorge von ihm wollte, es war ihm egal, solange er hier neben ihm saß, solange er noch einmal zu ihm gekommen war. »I was not sure, if we see us again, but I have missed you already at the moment when you have left me in the evening.« Den Satz legte er sich im Kopf zurecht. Dann fand er ihn zu pathetisch und war sich im trunkenen Hirn auch über die grammatikalischen Finessen nicht im Klaren. Deshalb sagte er: »It is great to start another day with you. Let's go home.«

# 7

Es war Nachmittag, als sie aufwachten. Später Nachmittag. Der Kühlschrank war leer, nicht einmal Milch für den Kaffee war da. Daher verließen sie die Wohnung. Sie holten sich einen Coffee to go und gingen am Kanal entlang. Träge Menschen überall. Die Bänke, Mauern und Böschungen, die zum Wasser hinunterführten, waren dicht besetzt. Einzelne saßen mit einem Buch oder dösend in der Sonne, Pärchen in allen Kombinationen, kleine Gruppen ließen Weinflaschen herumgehen. Auch am Bouleplatz drängten sich die Menschen. Jorge und er setzten sich eine Weile dazu.

Mit niedrigen Holzplanken waren Bahnen abgetrennt. Auf manchen Bahnen spielten zwei oder sogar drei Mannschaften, so voll war es. Alle Altersgruppen kamen zusammen. Nebeneinander spielten die Hipster mit Vollbart und die altlinken Autonomen. Die Frauenquote war gering. Nicht nur die Spieler, auch die Zuschauer, die auf den Bänken um das Spielfeld herumsaßen, hielten halb ausgetrunkene Bierflaschen in den Händen. Somit war die Freizeitgestaltung auch die beste Arbeitszeit für jene, die mit großen Taschen auf dem Rücken oder einen Hackenporsche hinter sich herziehend auf der Jagd nach dem Leergut waren.

Jorge und er flanierten weiter. Ein kleines Stück noch am Kanal entlang, einen kleinen Schlenker um eine alte rote Backsteinvilla herum und sie standen plötzlich im dichten blauen Nebel unzähliger Grills. Die Gruppen, die um die Feuerstätten lagerten, waren eindeutig größer, als die Zwei- oder Dreipersonengruppen auf der

Ufermauer des Kanals. Hier saßen zehn oder fünfzehn Leute um einen Grill, die mitgebrachten Tapeziertische bogen sich unter Fleisch und Salaten. Dazwischen ein Kindergeburtstag mit Luftballons und junge Menschen, die ihre tätowierten Arme und Beine nur spärlich mit Kleidung bedeckt hatten. Das ging zusammen mit Feinripphemd und Kopftuch, mit Oma und Opa – ein Bild, für das er Berlin liebte.

Schließlich landeten sie im Club der Visionäre. Eigentlich eine Bretterhütte auf einer breiten Terrasse, die aus Bretterbohlen auf einen kleinen Seitenarm des Kanals hinaus gebaut war. Ein paar Treppenstufen hinab. Trauerweiden ließen von oben ihre Äste baumeln und gaben Schatten. Die Musik war laut und elektronisch, Sonntagnachmittagschillout. Hier war das Publikum nicht so bunt wie beim Boule oder auf der Grillwiese, obwohl das Sprachengewirr babylonisch war. Hier waren die Menschen weiß, Mitte 20 bis Mitte 30, gebildet, solvent und in der ganzen Welt zu Hause. Vorausgesetzt, Billigflieger flogen diesen Ort an.

Er mochte den Club. Er guckte gern zu, wie die Clubber mit den Füßen im Wasser planschten oder in den Liegestühlen lagen. Er kam immer wieder her, auch wenn er sich zwischen der internationalen Jugend oft fremd fühlte.

Sie holten sich am Tresen, der nach all den Jahren immer noch genauso improvisiert aussah wie am ersten Tag, ein Getränk. Wahrscheinlich war der Club inzwischen x-mal umgebaut worden und natürlich auf dem neuesten Stand aller Gastronomietechnik, das Geheimnis vieler Berliner Lokale war es, perfekt zu funktionieren, aber nicht so perfekt auszusehen wie Westdeutschland.

Sie suchten sich, da alle Liegestühle besetzt waren, einen freien Platz am Wasser und legten sich auf die warmen Bretter. Die

Sonne stand schräg, bald verschwände sie hinter den Bäumen auf der anderen Seite der Brücke. Die Schatten wanderten unaufhaltsam auf sie zu. Jorge legte seinen Kopf auf seine Brust. »Do you have any plans for this evening?« »No, nothing. And you?« »I want to go to the Bauwagenplatz, they are showing a film tonight. You want to come with me?« »Ok, why not. What kind of film?« »Larissa and Sergio called me. As far as I understand it is a film short after the fall of he wall, and everything happened around Kreuzberg and a Bauwagenplatz. Something with prince and hell.« »No, come on, you are joking. They don't show ›Prinz in Hölleland‹.« »Yes, that's what it is called. You know it?«

Das war jetzt wirklich absurd. Der Film war eine Mischung aus schwulem Beziehungsdrama und Drogenhölle, mit fiesen Dealern, die Nazipropagandafilme schauten, und Bauwagenplatzbewohnern, die eine Geschichte vom Prinz, der den Müllerssohn heiraten will, im Puppentheater sahen. Alles spielte in der Szene, in der er einmal zu Hause gewesen war. Er kannte die Personen, die Orte, er wusste, wessen Geschichte da erzählt wurde. Er hatte ewig nicht mehr von diesem Film gehört, und nun, nach einer halben Ewigkeit, musste ein 24-jähriger Spanier kommen, einer, der fast so alt war wie dieser Film, und wollte diesen Film gucken, auf einem Bauwagenplatz.

Als sie kurz darauf am großen Lagerfeuer vorbei auf die Leinwand zugingen, fühlte er sich wie in einer Zeitschleife gefangen. Sergio und Larissa hatten schon Plätze belegt und begrüßten Jorge und ihn. Er hatte die beiden nur kurz vor der Galerie gesehen, jetzt gaben sie sich Mühe, mit ihm deutsch zu sprechen. Jorge sagte etwas auf Spanisch, worauf die beiden lachten und sagten, vielleicht solle man englisch reden, das würden alle irgendwie gleich gut oder schlecht können. Der Film sollte um zehn anfangen, doch es war noch ziemlich hell, so dass sie schon beim zweiten Bier waren, als um viertel vor elf endlich der Vorspann anlief. Sergio und Larissa übernahmen die Übersetzung für Jorge. Aus der Kürze der Sätze konnte er schließen, dass sie sich auf das Wesentliche beschränkten. Er hätte auch nicht gewusst, wie er hätte übersetzen sollen. Der Film war nicht umwerfend, nicht besser geworden, er sah ihn als Zeitdokument. Es gab Aufnahmen von Demos, auf denen Transparente getragen wurden, auf denen stand: »Nach oben buckeln, nach unten morden – Hände weg vom Asylrecht!« Plakate wurden geklebt: »Heroindealer raus aus unserem Kiez!« Bilder von Lokalen, die es längst nicht mehr gab. Aufnahmen vom Kotti, der geradezu verlassen wirkte, wenn man die Aufnahmen mit der Gegenwart verglich.

Was für ihn einmal das Heute gewesen war, war nun Geschichte. Es war nicht so, dass er der Vergangenheit nachtrauerte. Dazu war die Geschichte des Films zu trostlos. Es fiel ihm schwer, sich in diesen Bildern zu sehen, aber er wusste, dass er dabei gewesen war, dass er diese Zeit erlebt hatte. Diese war, zusammen mit einem Gefühl, irgendwo in ihm abgespeichert. Doch dieses Gefühl wollte sich nicht mehr einstellen. Was heute wie ein Leben zwischen grauen Ruinen in einer heruntergekommen Stadt aussah, das war früher einmal Anlass zur Hoffnung auf ein so gänzlich anderes Leben gewesen.

Als der Film zu Ende war, holten sie sich noch ein Bier und saßen eine Weile um das Lagerfeuer herum, das zwischen den Bauwagen brannte. Auch wenn Orte wie diese in der Stadt weniger geworden waren, es gab sie noch. Sergio, Larissa und Jorge erzählten von den letzten Jahren in Spanien. Die spanischen Banken hatten vor dem Zusammenbruch gestanden, daraufhin und auf Druck der Europäischen Union hatte die Regierung drastische Sparmaßnahmen beschlossen. Die Arbeitslosigkeit unter jungen Menschen war hoch, die Immobilienkrise hatte viele Familien verarmen lassen. Nach verschiedenen großen Demonstrationen wurde die Puerta del Sol im Zentrum Madrids von tausenden Menschen besetzt. Jorge, Larissa und Sergio hatten sich dort kennengelernt und eine Art Kiezküche organisiert. Mithilfe von Spenden kochten sie jeden Tag in riesigen Töpfen für 40 bis 50 Leute. Sie diskutierten, feierten und demonstrierten. Einen Monat dauerte die Besetzung.

Vieles von dem, was die drei erzählten, kam ihm bekannt vor. Endlose Diskussionen, Vorbereitungen von Demos, Flugblättern, Wandzeitungen und so weiter. Lange war das auch ein fester Teil seines Lebens gewesen. Dann hatte er das Ziel verloren. Oder, genauer, er hatte sich in den Zielen seiner Genossinnen und Genossen nicht mehr wiedergefunden. Er gehörte, schwul und links, immer schon zu verschiedenen Gruppen. Autonome, Hausbesetzer, Antiimps und Schwulengruppen, da gab es schon Unterschiede, und er stand oft dazwischen. Und als er jetzt Jorge, Larissa und Sergio zuhörte, hatte er den Verdacht, dass es nicht das Ziel war, das ihm in diesen Kämpfen wichtig gewesen war. Was wusste er von Spanien? Hoch die internationale Solidarität hin oder her. Ein anderes Land, es war eine andere Generation. Er konnte, er wollte nicht beurteilen, ob sie in Madrid für die richtige Sache gekämpft hatten. Doch, die Frische und Lebendigkeit, die ihn aus ihren Geschichten ansprang – das war es. Es ging nicht darum, die Regierung zu stürzen oder den Kapitalismus abzuschaffen. Es ging darum, miteinander zu leben.

Inzwischen unterhielten sich die drei wieder auf Spanisch. Soweit er verstand, fragten sie sich, was die verschiedenen Leute, die sie damals kennengelernt hatten, heute machten. Es war gut, so daneben zu sitzen. Er war müde und ganz froh darüber, nicht reden zu müssen.

Als sie aufbrachen, fragte Sergio: »When we are in Warnemünde tomorrow, is there a place where we had to go?« Daran hatte er nicht mehr gedacht. Jorge würde nicht mit ihm nach Hause gehen, er würde bei seinen Freunden bleiben und morgen an die Ostsee fahren. Jorge hatte es erwähnt, er hatte es vergessen. Er machte ein paar Vorschläge, auf jeden Fall auch mal nach Rostock fahren, gucken ob es im »M.A.U.« irgendein Konzert gäbe. Die Molli-Bahn in Kühlungsborn und vielleicht den Barlachengel in Güstrow sehen. Mehr fiel ihm auf die Schnelle nicht ein. Er war sich sicher, dass die drei gut ohne seine Tipps auskommen würden. »How long do you want to stay?«, fragte er. »Don't know, maybe three days.« »The weather should be fine.« »If it starts raining we come back immediately.« »Ok. I see you again.« Er bemühte sich, das nicht wie eine Frage klingen zu lassen. »Sure.« Das war alles, was Jorge sagte. Dann küssten sie sich.

Wäre dies eine Filmszene gewesen, hätten die Bilder nun ein wenig langsamer laufen müssen, und eine leise sehnsuchtsvolle Musik wäre zu hören gewesen. Er fuhr Jorge mit der Hand durch die Haare, dann schauten sie sich einen Moment an, dann hielt er noch seine Hand, dann machte Jorge eine halbe Drehung, dann winkte er, dann ging er hinter Sergio und Larissa her, die bereits einige Schritte vorgegangen waren. Als er sie erreichte, drehten sich alle drei noch einmal um und winkten. Er winkte zurück und kam sich unendlich alt vor.

# 8

Als er aufwachte, breitete sich der Tag öde und leer aus. In der Wohnung staute sich schon am Morgen die Hitze. Schlecht geschlafen und zerknittert, so saß er mit einer Tasse Tee in der Hand auf dem Sofa. Plötzlich, entschlossen, griff er zum Telefon und rief Achim an. Der hatte mit ein paar Freunden ein Haus auf dem Land: »Du sag mal, ist es voll bei euch draußen? Oder kann ich kommen? Mir fällt hier die Decke auf den Kopf – Ach klar, das geht schon. – Gut, ich denke, ich schaffe den Zug um halb eins. – Ja, kurz nach drei bin ich dann da. – Bis gleich. Ich freu mich.« Also Landpartie, das war vielleicht eine gute Abwechslung. Er packte seine Sachen in den kleinen Rucksack. Viel brauchte man bei dem Wetter ja nicht. Auf dem Weg zum Bahnhof kaufte er noch zwei Flaschen Weißwein.

20 Minuten vor der Abfahrt des Zuges war auf dem Bahnsteig kaum ein Durchkommen. Junge Menschen mit Fahrrädern, Isomatten, Zelten, Bierkästen und riesigen Rucksäcken. Irgendwo an der Ostsee war ein Festival. Anstatt den Zug anzukündigen, sagte die Stimme aus dem Lautsprecher, dass wegen Überfüllung kein Einstieg in den nun kommenden Zug mehr möglich wäre. Ein Aufstöhnen ging über den Bahnsteig. Er stand ganz vorn, als der Zug gleich darauf einfuhr. Der erste Waggon schien nicht so voll zu sein, und er kam ganz gut hinein. Mit ihm drängten sich noch fünf Menschen mit zwei Fahrrädern in den Wagen. Nun war es doch sehr eng. Schweiß überzog alle mit einem feinen Film. Die Jugendlichen waren laut und aufgedreht. Zwischen ihnen saß eine

verschreckte Rentnergruppe, eine Familie mit einem quengelnden Kind saß auf der Treppe. Er stand eingezwängt zwischen zwei Frauen im Gang des Fahrradabteils. Auf den Klappsitzen gegenüber saßen zwei junge Männer neben ihren Fahrrädern. Jeder hatte eine Bierflasche in der Hand, Studenten im ersten Semester. Sie waren cool und sympathisch und er verliebte sich sofort in ihre Jugend, war allerdings froh, als er nach zwei Stationen den Zug verlassen und in den kleinen Triebwagen einer privaten Bahngesellschaft umsteigen konnte, die die abgelegenen Strecken bediente. Hier war es leer und die Klimaanlage war so kalt eingestellt, dass er die dünne Jacke überzog, bevor er sich setzte. Eine Zeitung hatte er mitgenommen, aber sein Interesse reichte wie gewohnt gerade einmal für einige Überschriften und Fotos aus. Dann schaute er zum Fenster hinaus. Weiden und Felder. Die Luft flirrte, Greifvögel kreisten in großer Höhe. Eine Landschaft, fast ohne Schatten, unter einzelnen Bäumen drängten sich Rinder mit struppigem braunem Fell.

An einem kleinen, verlassen daliegenden Bahnhof stieg er aus dem Zug. Eine Frau stand auf dem Bahnsteig. Der Lokführer reichte zwei leere Tassen aus seinem Fenster hinunter. »Danke für den Kaffee. Machste nochmal voll, wenn wir in zwei Stunden wieder kommen?« »Klar, aber ihr müsst los. Seid schon spät dran.« Der Zug fuhr an, die Frau verschwand in ihrem Häuschen, aus dem leise das Radio dudelte.

Nach der Zugklimatisierung war die warme Luft nur angenehm. Es wehte ein leichter Wind. Es roch nach Getreide und Feld, nach Sommer und großen Ferien. Der kurze Fußweg entlang der Hauptstraße, auf der in der Mittagszeit kein einziges Auto fuhr, allein dafür hatte sich dieser Ausflug schon gelohnt.

Er stieß nach kurzem Weg ein Tor auf und stand auf einem kleinen Hof, der von Stall, Scheune und Haus eingefasst war. Achim lugte aus der Haustür, sie begrüßten sich und wie immer fühlte er sich hier sofort zu Hause. Seit einigen Jahren wohnte Achim mit drei Freunden hier draußen. Sie hatten lange und viel am Haus gebaut, einen Garten angelegt und Hühner angeschafft. Nun lebten sie fast die ganze Zeit hier draußen, auch wenn drei der vier Bewohner noch ein Zimmer in der Stadt hatten und die Großstadt zwei oder drei Tage die Woche zum Arbeiten aufsuchen mussten. Manchmal beneidete er sie um dieses Leben und fragte sich, wie das ging. Zwei oder drei Tage arbeiten und davon leben. Er brauchte nicht viel, aber mit seinen dreißig Stunden, verteilt auf fünf Schichten, verdiente er gerade so viel, dass es hinkam. War das Leben auf dem Land wirklich billiger? Die Ruhe, die Luft und vor allem der weite Horizont, das verlockte auch ihn. Aber er wusste, dass das nicht sein Leben war.

Er hatte es ausprobiert. Ganz am Anfang. Seine erste WG war eine Land-WG, in einem kleinen Dorf zehn Kilometer vor der Stadt. Kein Bauernhof, nur eine Wohnung im ersten Stock, und unten wohnten die Besitzer. Es gab einen Garten hinter dem Haus, in dem Gemüse wuchs. Sie gingen mit der Milchkanne nachmittags um fünf zum Nachbarn Milch holen. Und fuhren mit einem geliehenen Trecker in den Wald, um Holz für den Winter zu sammeln. Eine Spielerei. Einige befreundete Land-WGs in der Nähe hatten das Landleben viel ernsthafter betrieben. Sie sanierten ganze Fachwerkhäuser oder versuchten, ihren Lebensunterhalt mit organischem Landbau zu sichern.

Er erinnerte sich an die leicht hügelige Landschaft im Sommer und an die Autofahrten zur nächsten Landdisko, donnerstags oder samstags. Einmal hatten sie auf einer dieser Fahrten ein totgefahrenes Reh vom Straßenrand eingesammelt. Einer seiner Mitbewohner war Förster und kannte sich aus. Als jedoch das abgezogene und ausgenommene Tier über der blutverschmierten Badewanne hing, war ihnen allen komisch geworden und sie hatten die Flasche mit Rum auf den Tisch gestellt. Geschmeckt hatte der Rehbraten dann trotzdem.

Da waren die mondhellen Nächte, in denen er mit dem Fahrrad aus der Stadt aufs Land fuhr und noch lange am offenen Fenster saß und der Nachtigall zuhörte. Da gab es Frühlingstage, die weich und schmeichelnd waren, und der würzige Duft der Kartoffelfeuer zog im Herbst durch die Luft. Aber als der zweite Winter kam, hatte er schon genug von der ländlichen Idylle. Er zog zurück in die Stadt, in ein besetztes Haus, und bald darauf nach Berlin. Er liebte diese Stadt vom ersten Augenblick an.

Nun begrüßte er Stefan und Patrik, Mitbewohner von Achim – Sina, die einzige Frau in der WG, war nicht da. Nach einer kurzen Erfrischung beschloss er, mit Achim einen Ausflug zur Oder zu machen. 28 Grad im Schatten und Gegenwind. Zwischendurch fluchte er leise. Wer war auf diese bekloppte Idee gekommen? Er hätte jetzt ebenso gut in der Hängematte liegen können. Wenn der Wind für einige Augenblicke nachließ, fand er es dennoch ganz angenehm, durch den Sommer auf den leeren Straßen zu fahren. Sie kamen an einem Storchennest vorbei, auf dem junge Störche standen. Sie hielten und beobachteten, wie die Eltern große Kreise hoch oben über dem Nest zogen. Auf einem Gurkenflieger lagen polnische Erntehelfer und pflückten während der langsamen Fahrt über das Feld Gurken. Dass es polnische Erntehelfer waren, erkannte man an den Kennzeichen der in einiger Entfernung parkenden Autos.

Der kleine Ort an der Oder hatte früher einen Hafen, jetzt standen neben einem hohen Speicherturm alte Eisenbahnwaggons, die man als Übernachtungsmöglichkeit mieten konnte. Der Oderradweg führte auf dem Deich direkt daran vorbei. Nach einem Blick auf die Radtouristen, die sich in bunter Funktionswäsche im Café am Deich mit den Rentnern mischten, fuhren sie einige Meter zurück und kehrten im Landfrauencafé ein. Hier standen nur drei Tische mit Plastikdecken. Zwei Tische waren besetzt. An einem saßen zwei Frauen bei Kaffee und Zigarette, am anderen eine Familie mit zwei Kindern bei Schnitzel und Pommes. Achim und er setzten sich an den freien Tisch in der Mitte.

Nach einer kleinen Weile drehte sich die eine der Frauen, nachdem sie die Zigarette im Aschenbecher ausgedrückt hatte, mit der Kaffeetasse in der Hand um und sagte: »Sie können bei mir bestellen. Ich bin hier der Kellner.« Sie fragten nach Kaffee und Kuchen. »Ja, da hab ich ein schönes Stück Pflaumenkuchen.« »Wenn Sie auch noch ein zweites finden könnten?« Die Frau verdrehte die Augen. Und ging nicht weiter darauf ein, sondern sagte: »Jetzt nehm' ich hier schon Bestellungen im Sitzen auf, das wird ja immer verrückter mit mir.« Achim wünschte sich noch Sahne dazu. Sie war schon fast aufgestanden, jetzt setzte sie sich wieder. »Nee, Sahne ist nicht. Bei dem Wetter fasse ich Sahne nicht an, das wird Butter bei mir.« »Na, Sie werden das schon schaffen.« »Nee, ganz im Ernst, ich hab keine geschlagene mehr. In der Küche sind 30 Grad und wenn ich da mit Sahne anfange, dann wird das Butter, das kann ich Ihnen sagen.« Achim lenkte ein: »Na dann vielleicht Vanillesoße.« Sie stand auf. »Ja, das geht.« Sie ging zwei Schritte, dann drehte sie wieder um und fragte: »Oder warum nicht gleich 'ne Kugel Vanilleeis?« Sie erntete große

Zustimmung, Achim konnte es sich aber nicht verkneifen, ihr hinterherzurufen: »Sehr schön wäre jetzt noch einen Klecks Sahne dazu.« Sie drohte nur mit dem Finger, bevor sie in der Küche verschwand.

Auch die andere Frau an dem Tisch war jetzt aufgestanden und im Haus verschwunden. Eine Familie, Großeltern, Eltern und zwei Kinder, rückten an und saßen schon fast um den Tisch, als die ersten Wespen auftauchten. Vater und Mutter drängten besorgt darauf, dass man wegen der Wespen und der Kinder doch besser nach innen ginge. Als nun auch noch die Familie an dem Tisch hinter ihnen aufstand und zur Oder hinüber ging, war es endlich ruhig und die Dorfstraße döste im Sonnenschein. Der Kuchen war wirklich lecker, der Kaffee besser als erwartet, und während einer ganzen Stunde ließ sich keine einzige Wespe blicken.

Als die Rechnung kam, waren auf ihr acht Euro siebzig verzeichnet. Völlig unerklärlich, wie sich das durch zwei Kuchen, zwei Kaffee und zwei Kugeln Eis teilen ließ, Achim reichte einfach einen Zehner und sagte: »Passt so.« Die Frau guckte den Schein nachdenklich an und sagte dann ganz ernst: »Der ist aber wirklich schön geworden. Haben Sie den selbst gemacht?« Achim antwortete genauso ernsthaft: »Nee, den hab ich mir aus Westdeutschland schicken lassen.« Die Frau juchzte auf: »Das ist gut, das ist gut, das muss ich mir merken. Aus Westdeutschland.«

Abends wurde gegrillt. Sina war aus der Stadt gekommen. Sie saßen zu fünft hinter dem Haus. Eine große Schüssel Kartoffelsalat stand auf dem Tisch, dazu Fleischberge vom Dorfschlachter aus dem Nachbardorf. Senf und Ketchup und ein paar Flaschen Bier. Das perfekte Sommeressen. Er hatte das Amt am Grill übernommen, nicht dass er sich darum gerissen hätte, doch alle waren froh, als er sagte: »Ich mache«. Für ihn bedeutete es keine große Mühe. Auch würden ihn die Mücken weniger beißen, wenn er im Rauch des Grills stand. Nach dem Essen entzündete Stefan ein Lagerfeuer. Ein bisschen vorsichtig musste man schon sein bei den trockenen Feldern rings umher, aber da der Wind fast vollständig zum Erliegen kam, machte sich niemand Sorgen, zumal auch der Gartenschlauch gleich zur Hand gewesen wäre. Sina drehte einen Joint, dann starrten alle ins Feuer. Man kannte sich seit Jahren, es gab nicht viel zu reden.

# 9

Als er etwas verschlafen aus dem Bett kroch, war schon Leben in der Küche. Die Türen standen offen und der Morgen schien noch frisch, obwohl es bereits halb elf war. Im Hof und im Garten saßen die Bewohner verteilt, meist mit einer Tasse Kaffee in der Hand, Patrik ging durch den Garten und begutachtete die Beete und Blumen, Achim las die Zeitung auf seinem Tablet und Stefan machte sich auf den Weg ins Dorf, um Schrippen zu kaufen. Frühstück würde es nicht vor zwölf geben. Das Leben, das die Freunde hier auf dem Land führten, war gemächlich und nur selten durch die Uhrzeit bestimmt. So kochte er sich einen Tee, setzte sich in den Schatten der Kastanie und besah das flache Land und die weiten Felder. Die Windräder hoben sich vor der Horizontlinie ab und drehten sich langsam. In großer Höhe kreisten zwei Raubvögel, ohne mit den Flügeln zu schlagen. Ihre Schreie gellten in regelmäßigen Abständen. Die Luft über den Feldern begann bereits zu flimmern. Er dachte an die verschiedenen WGs, in denen er gewohnt hatte, dachte an die Morgen und Abende an großen Küchentischen, an Berge von Abwasch und überquellende Aschenbecher, an leere Wein- oder Bierflaschen, Töpfe voll Spaghetti Bolognese und große Tüten voller Schrippen. Er dachte an hysterische Lachanfälle, an aufkommenden Streit und lautes Geschrei, an sich anbahnende Liebe und gemeinsame Trauer.

Nun wohnte er schon lange allein. Diese Idee Wohngemeinschaft, das war was Vorübergehendes, das war was für junge Leute. Und während er das dachte, widersprach er sich: So ein Unsinn.

Wenn etwas an WGs so besonders war, dann, dass es nicht auf Dauer angelegt war. Man teilte alles, wusste von den Macken und Schrullen der anderen, akzeptierte sie eine Weile, oder sie gingen einem auf die Nerven, es war aber okay, das gehörte dazu. Man lebte zusammen, so lange es eben ging, und wenn sich Wege trennten – die eine zog zu ihrem Freund, der andere ging für ein Jahr nach Südamerika –, ging nicht die Welt unter, sondern es wurde ein neuer Mitbewohner gesucht.

Die Mischung aus Verbindlichkeit und Unverbindlichkeit, die Leichtigkeit und Selbstverständlichkeit, mit der akzeptiert wurde, dass jeder sein eigenes Leben führte und man trotzdem morgens und abends um den gemeinsamen Tisch sitzen konnte, das war es, was er an seinen Wohngemeinschaften gemocht hatte. Ein Zusammensein, in dem keiner dem anderen sein Leben aufzwingen wollte. Außer es ging um den Abwasch. Es gab gute wie schlechte Zeiten, aber die Türen standen stets offen. Man blieb, so lange es gut war, konnte auch bleiben, wenn es schlecht war, und zog weiter, wenn irgendwo etwas Besseres wartete. Diese Form des Zusammenlebens war eben etwas Besonderes.

Doch dann war es vorbei gewesen. Er hatte plötzlich keine Lust mehr, von den Launen und Stimmungen anderer abhängig zu sein. Er wollte einen eigenen Mietvertrag. Er wollte die Tür hinter sich zuziehen, keiner sollte da sein, der wissen wollte, woher man kam, wohin man ging. Das hatte sich gut angefühlt. So war es, wenn man erwachsen war. Jetzt, viele Jahre später, war er sich nicht mehr sicher, ob das noch stimmte.

Ob er heute noch den Mut besäße? Ja, Mut. Was früher selbstverständlich war, würde ihn heute Überwindung kosten. Es würde bedeuten, sich wieder in eine Gemeinschaft zu begeben. Sich auseinandersetzen zu müssen mit anderen. Es war doch so: die Bereitschaft dazu nahm mit dem Alter ab. Vieles, dachte er, würde er so nicht mehr wollen. Auf so manche Auseinandersetzung hatte er keine Lust mehr. Er dachte oft darüber nach. Er wusste nie, ob das Argumente gegen eine neue Wohngemeinschaft waren oder nur vorgeschobene Gründe, um nicht einsehen zu müssen, dass sein Leben schon lang nicht mehr das war, was er wollte.

Aber an seiner Situation würde sich wohl so schnell nichts ändern. Denn auch, wenn auf einmal alle Bedenken verschwänden, würde er sich nicht eine WG suchen. Es gab kaum freie Wohnungen in der Stadt. Er wusste nicht, mit wem er wohnen wollte, und er konnte sich nicht vorstellen, sich bei 25-jährigen Studenten als Mitbewohner zu bewerben. Bei dieser Vorstellung musste er schmunzeln – er würde wahrscheinlich nicht einmal zu einem Vorstellungsgespräch eingeladen werden.

Sein Magen begann zu knurren. Stefan war vom Einkaufen zurück und alle versammelten sich um den großen Tisch im Schatten der Bäume. Frühstück, während in den umliegenden Häusern das Mittagessen aufgetragen wurde.

Als er danach den Abwasch gemacht hatte, legte er sich in die Hängematte hinter dem Haus. Selbst im Halbschatten war es in der Mittagszeit immer noch viel zu heiß, nur ein leichter Wind machte es erträglich. Er versuchte zu lesen, legte das Buch aber bald aus der Hand und versank in Gedanken. Jorge beschäftigte ihn schon. Er war mehr als 20 Jahre älter als der Spanier. Er war ein bisschen verliebt, seine Phantasie reichte allerdings nicht über die nächsten Tage hinaus. Das war nicht auf Dauer angelegt, das war ihm klar. Doch irgendwas war anders als bei anderen Affären. Er fühlte sich Jorge so nahe. Er beobachtete ihn und schien dabei einen Blick auf sich selbst zu werfen. Er sah sich, wie er vor vielen Jahren nach Berlin gezogen war, und es schien, als würde sich die Zeit dazwischen auflösen, als wäre er wieder Anfang 20 und die Welt offen. Dann sah er sich heute, sah seinen Pragmatismus. Er sah seine mühsam aufrechterhaltene Zufriedenheit und spürte den Überdruss, der dahinter lag. Er hätte heulen können und träumte sich im Halbschlaf zurück in eine lang vergangene Zeit.

Er streckt den linken Arm in einem ungefähren Winkel von 30 Grad zur Seite, kontrolliert, während er erneut in die Pedale tritt, mit einem schnellen Blick, das grüne Licht der Ampel, biegt dann, nachdem er den entgegenkommenden Bus der Linie 29 abgewartet hat, in die Reichenberger Straße ab. Der Himmel über ihm – hellblau, darin zerfetzte weiße Wolken. Die Sonne beleuchtet den vierten Stock der Häuser linker Hand, die Stockwerke darunter liegen bereits im Schatten. Ein Mann sitzt auf einem Balkon in der Abendsonne, die Füße gegen das Gitter gestemmt und beobachtet durch das Geschlinge der Balkonpflanzen das Hin und Her der Autos auf der Straße. Er folgt mit dem Blick wahllos diesem oder jenem Auto, sieht unter sich einen Fahrradfahrer mit einer großen gelben Tasche auf dem Rücken, der tief gebeugt über den Lenker, in elegantem Bogen einem rückwärts ausparkenden Mercedes ausweicht. Im cremefarbenen Mercedes sitzt eine junge Frau, ein schwarzes Kopftuch verdeckt ihr Haar. Sie hat Plastiktüten mit den runden Fladenbroten auf den Rücksitz geworfen, den Sicherheitsgurt angezogen, nach dem Gangeinlegen lässt sie, zwischen den Kopfstützen hindurch nach hinten schauend, langsam die Kupplung kommen. Die Straße ist frei, sie setzt zurück. Links neben ihr schrillt plötzlich eine Fahrradklingel. Erschrocken tritt sie auf die Bremse. Durch das Seitenfenster sieht sie einen Fahrradfahrer, eigentlich sieht sie nur seine Unterschenkel und die knielange bunte Hose.

Er fährt die Straße entlang. Er hebt den Kopf, betrachtet, unentwegt weiter gleichmäßig die Pedalen tretend, die Straßenlaternen. Als graue Masten ragen sie auf, verjüngen sich in einem unschönen Bogen, um überraschend in einer Verdickung auszulaufen. Drei Laternen zeichnen sich gegen den Himmel ab, die vierte verschwindet schon zwischen den Häusern. Weiter hinten wechselt eine Ampel von Gelb auf Rot. Dann erreicht er die Ampel, bremst vor dem roten Licht, setzt seinen linken Fuß auf den Asphalt und wartet, dass es wieder auf Grün umspringt.

Er tritt erneut in die Pedale und biegt, diesmal ohne Handzeichen, rechts ab. Die Straße liegt im Sonnenlicht. Die Sonne steht tief, die Strahlen kommen fast waagerecht. Er kneift die Augen zusammen. Über der Nase bilden sich zwei Falten, eine im leichten Schwung, die andere sieht aus wie ein Ypsilon.

Er sieht nur noch Lichtflecken. Er fährt noch einige Meter, bremst dann, die hinteren Bremsbacken verursachen ein schleifendes, quietschendes Geräusch. Er tritt noch ein paar Umdrehungen lang die Pedalen im Leerlauf rückwärts, die Kette lässt ein leises Klickern wie von kleinen Metallkugeln hören, dann steht er, setzt einen Fuß auf den Boden, löst den Griff von den Bremsen und schwingt das andere Bein über den Sattel. Der Asphalt ist warm. Mit einer Hand hält er den Lenker, mit der anderen greift er unter den Sattel und schiebt so sein rot-schwarzes Fahrrad zwischen zwei Autos hindurch über die Bordsteinkante und den nicht sehr breiten Gehweg auf die Einfahrt eines Hauses zu.

Mit der rechten Hand drückt er die schwere Holztür auf, mit

der linken schiebt er das Rad durch die entstehende Öffnung in die kühle Durchfahrt. Mit dumpfem Schlag fällt die Tür zu, sobald er sie loslässt. In der hohen Durchfahrt hallt das Klickern der Gangschaltung laut. Es ist dunkel. Die Tür am Ende der Durchfahrt zieht er mit der rechten Hand auf und schiebt sein Fahrrad in den Hof.

Die Frau hört das schwere Geräusch der Hoftür und tritt zwischen die weit geöffneten Fensterflügel. Sie blickt in den dämmrigen Hof, der Asphalt ist nass, auf dem Beet, zwischen mickrigem Farn und kahlen Rosen haben sich kleine Pfützen gebildet. Der Hauswart rollt den Schlauch pedantisch genau unter dem Wasserhahn zusammen. Sie beobachtet, wie der junge Mann aus dem Hinterhaus sein Fahrrad an die Hofmauer lehnt, dort, wo zwischen den Mülltonnen und zwei Fahrrädern noch etwas Platz ist. Gebückt fädelt er die Schlosskette durch die Speichen. Als er sich aufrichtet, sieht er zu ihr hinauf, winkt, sie winkt zurück. Er dreht sich, der Schlüsselbund fliegt durch die Luft, mit der rechten Hand fängt er ihn wieder auf. Er geht am Hauswart vorbei, der noch immer mit dem Schlauch beschäftigt ist, und verschwindet in der schmalen Tür zum Hinterhaus.

Er nimmt immer zwei Stufen auf einmal, dazu klappert er rhythmisch mit dem Schlüsselbund. Hinterhaus dritter Stock links. Unter der Klingel klebt ein schwarzer Zettel, auf dem steht mit goldenem Edding »Tom Reichert« geschrieben. Auf der Tür ein runder Aufkleber, darauf sind drei Polizisten gezeichnet, darunter steht: »Wir müssen leider draußen bleiben«. Er schließt die Tür auf, betritt den Flur und lässt die große gelbe Tasche fallen. Den Schlüssel steckt er von innen in das Schloss. In dem kurzen Flur ist es dämmrig, nur durch die mittlere Tür, die offensteht, fällt ein breiter Streifen Sonnenlicht auf den grauen Teppichboden. Links hängen verschiedene Jacken, einige über den Stromzähler gestülpt, daneben ein Plakat. Eine Tür führt in die Küche, eine zweite zum Klo, die dritte in das Zimmer. Alle Fenster stehen offen, trotzdem ist es stickig in der Wohnung. Er geht in das große Zimmer am Ende des Flures. Dort steht ein Kachelofen in der linken Ecke, daneben an der Wand ein Podest, das mit einem dunkelroten Teppich belegt ist. Darauf Schaffelle, auf ihnen zerknüllt ein Bettlaken, zwei Kopfkissen und mehrere Decken. Vor dem Fenster steht ein Schreibtisch, dieser verschwindet unter Papieren, Büchern und Kaffeetassen. Daneben, auf dem Fußboden, ein Plattenspieler, daneben eine lange Reihe von Platten. An der Wand ein Regal. Auf der einen Hälfte des Möbels stapeln sich Bücher, auf der anderen Pullover, Hosen, Socken und Unterhosen.

Vor dem Fenster hängt ein weißes Bettlaken. Er nimmt es ab, hält es so lange unter den Wasserhahn im Bad, bis es tropft, und hängt es wieder auf. Er geht in die Küche und holt aus dem Kühlschrank eine große grün-blaue Zweiliterpackung Milch. In der Nirostaspüle mehrere Gläser, Tassen, Teller, Frühstücksbrettchen und Besteck. Er nimmt ein Glas, wäscht es aus und füllt die Milch hinein.

Er trinkt, setzt das halbleere Glas Milch auf dem unlackierten Tisch ab, behält es aber in der Hand. Er sieht aus dem offenen Küchenfenster. Rechts das Vorderhaus, grau und dunkel mit lauter offenen Fenstern, in manchen bewegten sich Gardinen oder einfach bunte Stofftücher. Im zweiten Stock gießt die junge Frau Kaffee auf. Links der große Baum im Nachbarhof, durch die Blätter Sonne, darüber der Himmel.

Die Hoftür geht, er hört das Klickern einer Gangschaltung. Die

Frau von gegenüber tritt wieder ans Fenster, stützt die Hände aufs Fensterbrett, ihre Haare fallen nach vorne. Nachdem sie eine Weile so gestanden hat, hebt sie den Kopf und schaut plötzlich herüber zu ihm. Er weiß nicht, ob sie ihn in der Küche sehen kann, vorsichtshalber winkt er und lächelt. Er trinkt noch einen Schluck Milch.

Unten hat ein junger Mann sein Fahrrad in den Hof geschoben, eine Frau aus dem vierten Stock beobachtet ihn, wie er das Rad mit einer großen Kette zwischen den Mülltonnen an einer Stange anschließt. Die Tasche rutscht ihm auf den Bauch, mit einem Schwung wirft er sie wieder auf den Rücken. Er drückt die Tür zum Hinterhaus auf und verschwindet. Die Frau hebt den Kopf und sieht den netten Nachbar im dritten Stock am Küchentisch sitzen. Er winkt ihr zu. Sie winkt zurück.

Der junge Mann im Dämmerlicht des Treppenhauses. Langsam steigt er die Treppe hinauf, jedes Mal fällt ihm erst auf dem ersten Absatz ein, dass er die Stufen zählen wollte. Heute bleibt er stehen und schaut zurück, acht Stufen hat er schon hinter sich, er zählt weiter, neun, zehn, elf, bei dreiundzwanzig hört er auf, weil er an etwas anderes denken musste.

Hinterhaus dritter Stock links. Unter der Klingel klebt ein schwarzer Zettel, auf dem steht »Tom Reichert« geschrieben. Auf der Tür ein runder Aufkleber, darauf drei Polizisten. Die Klingel ist kaputt. Er klopft, ist darauf bedacht, dass sein Klopfen nicht zu laut ist, aber nicht überhört werden kann. Er hört drinnen einen Stuhl scharren, vier, fünf Schritte, dann wird die Tür geöffnet. »Tach!« »Mensch, haste blau gemacht?« »Hab Sehnsucht gehabt«, sagt er und geht einen Schritt auf den anderen zu. Mit der rechten Hand fasst er ihn um die Hüften, mit der linken Hand fasst er sein Ohr und zieht ihn an sich. Sie küssen sich, die Tür steht offen. Mit dem Fuß schiebt er die Tür zu. Sie halten sich jetzt mit beiden Armen umschlungen, eine Hand fährt unter ein T-Shirt und über ein Schulterblatt, ein Mund wandert über einen Hals, einer vergräbt die Nase im Übergang von Hals zu Schulter. Einer riecht die warme Haut, schmeckt die Sonne und Schweiß. Der andere macht sich los, nimmt seine Hand, dreht sich um und sagt: »Komm!«

Er greift mit der freien Hand den Gurt der Tasche auf seiner linken Schulter, streift sie sich über den Kopf, lässt sie an der Tür auf dem Boden stehen, folgt durch den Flur. Er schaut im Vorübergehen in die Küche, auf dem Küchentisch ein Brettchen, ein Glas, Brot, Butter, Marmelade, dazwischen eine Zweiliterpackung Milch. Dann steht er im Zimmer. Der andere hat sich aufs Bett fallen lassen, streckt beide Arme nach ihm aus und lacht mit geschlossenem Mund. Er setzt sich auf die Bettkante, hakt seinen linken Fuß in die Verse des rechten und streift den Schuh ab, dann den anderen, Socken trägt er im Sommer nie, auch sonst ist nicht viel auszuziehen.

Später liegen sie stumm nebeneinander. Jemand leert einen Mülleimer, die Hoftür schlägt. Das weiße Bettlaken weht im Fenster. Auch wenn sie es nicht sehen, sie wissen, die Sonne ist inzwischen im Baum untergegangen, der Himmel abenddunkel.

»Als ob sich das Wasser umdreht und schwimmt oben plötzlich. Wo der Himmel war, zieht jetzt das Meer vorbei.« Und das ist ja auch richtig so, denkt er. Wenn wir hier unten im Himmel sind, dann muss oben das Meer sein.

Ein Tagtraum. Eine Erinnerung. Als er aus der Hängematte aufstand, war es halb sechs. Achim hatte sich zu einem sehr späten

Mittagsschlaf hingelegt, Stefan war mit dem Nachmittagszug in die Stadt gefahren, weil er abends in einer Kneipe hinter dem Tresen stehen musste, Patrik rollte den Gartenschlauch aus und begann, die Beete zu bewässern, und Sina schraubte an ihrem Motorrad, weil es gestern während der Fahrt aus der Stadt aufs Land einige Male ausgegangen war. Er trank ein Glas kalten Pfefferminztee und beschloss, zum nah gelegenen Badesee zu fahren. Er packte seine Badesachen, holte das Fahrrad aus dem Schuppen und fuhr los. Die Straße war leer und die niedrigstehende Sonne ließ die Landschaft leuchten. Luxus: Sommer und genug Zeit, um sie zu vertrödeln.

Der Fahrtwind kühlte den Schweiß auf der Haut, und bald leuchtete Wasser silbrig im Sonnenlicht, brach sich und scherbelte in kleinen Wellen. Beim Eintauchen kalt, schon nach den ersten Schwimmzügen jedoch erfrischend und angenehm. Und dann, auf dem Handtuch liegend, fühlte er, wie die Sonne die Wassertropfen von der Haut aufleckte, die gleich darauf von den ersten Schweißtropfen ersetzt wurden.

Nach einigen Minuten setzte er sich auf. An der Badestelle hinter der Kirche und der Klosterruine herrschte allgemeine Aufbruchstimmung. Eine Familie mit Kind war damit beschäftigt, die Luft aus Aufblastieren zu lassen. Das ältere Ehepaar mit den Klappstühlen hatte die Sonnenhüte abgenommen. Und die Gruppe Jugendlicher war auf drei Jungs zwischen fünfzehn und siebzehn Jahren zusammengeschrumpft, die rauchend und Bier trinkend auf ihren Decken chillten.

Als die Sonne hinter den Bäumen auf der anderen Seite des Sees verschwand, zog er sich an und machte sich auf den Weg zurück. Langsam fuhr er durch die Dämmerung, auf den Feldern waren die ersten Mähdrescher unterwegs, sie würden zum Teil bis weit nach Mitternacht im Licht ihrer Halogenscheinwerfer Bahn um Bahn abmähen und ihr Brummen würde in der Luft liegen. Als er auf dem Hof ankam, saßen alle um den großen Tisch, Nudeln und Salat standen darauf, Weißwein und Bier daneben. Er bekam den Teller vollgeschaufelt, kaum, dass er sich gesetzt hatte. Keiner musste sich Sorgen machen, dass es nicht reichen würde, selbst wenn unvorhergesehen Gäste hinzukämen. Es wurde auch an diesem Abend nicht viel geredet. Die Mücken kreisten um die Beine und die ersten Stiche begannen zu jucken. Nach und nach verschwand einer nach dem andern, um sich eine lange Hose anzuziehen oder eine dünne Jacke für die nackten Ärmel zu holen. Autan wurde versprüht. Als Espresso auf dem Tisch stand und Zigaretten angezündet wurden, gingen die ersten Sterne auf. Patrik und Sina waren schon in ihren Zimmern, er saß noch eine Weile mit Achim und leerte die Flasche Wein.

# 10

Am nächsten Tag wollte er nach dem Frühstück zurück in die Stadt. Patrik musste arbeiten, fuhr mit dem Auto und nahm ihn mit. Es war früher Mittag, als sie aufbrachen. Wieder strahlte die Sonne und als sie losfuhren, hatte sich das Innere des Autos bereits aufgeheizt. Sie kurbelten die Fenster herunter, der Fahrtwind verwirbelte die Hitze. Nach einer Weile drehte Patrik das Fenster auf seiner Seite hoch, um sich eine Zigarette anzuzünden. Der Geruch des Tabaks zog durch das Auto. Plötzlich war da eine Erinnerung. Es war kein bestimmtes Bild, keine bestimmte Situation, sondern ein Gefühl, das ihn mit einer Heftigkeit überfiel, die ihm fast die Tränen in die Augen trieb.

Er war wieder Anfang 20. Das Auto war ein alter R4 oder ein alter Opel. Man fuhr durch den Sommer, der Beifahrer hatte die Füße aufs Armaturenbrett gestemmt und der Qualm einer Zigarette verwehte im Fahrtwind. Aber es war nicht Brandenburg, durch das man fuhr. Brandenburg lag noch hinter dem Eisernen Vorhang. Die sommerliche Landschaft flog vorbei, und der Geruch von Mittelmeer mischte sich mit Zigarettenrauch. Urlaub, sechs Wochen, vielleicht auch nur vier, man war unterwegs. Das Ziel hieß Griechenland oder Portugal oder Italien. Es war egal. Selbstverständlich gab es einen Ort, an den man wollte, doch das war nicht wichtig, der Weg war das Ziel. Man blieb einfach da, wo es schön war. Rollte seinen Schlafsack an einem Strand aus, trank Wein aus der Flasche und schaute in den Sternenhimmel. Manchmal quetschte man sich bei Nieselregen ins Auto, um nach ein paar Stunden verknautscht wieder aufzuwachen und einige Kilometer weiterzufahren, auf der Suche nach einem Milchkaffee. Oder man fuhr einen Tag, ohne anzuhalten.

Auch damals war nicht alles toll. Die Nächte an vermüllten Autobahnraststätten. Das Aufwachen in einem nassen Schlafsack, wenn es nachts doch angefangen hatte zu regnen. Die Bullen, die einen mit Taschenlampen und Fußtritten mitten in der Nacht vom Strand vertrieben. Wenn er sich das vorstellte, wusste er, dass er bequem geworden war, dass er so nicht mehr verreisen wollte. Selbst dann, wenn er sich noch einmal aufraffte, wenn er vor zehn Tagen, als die Wohnungstür hinter ihm ins Schloss gefallen war, tatsächlich auf Reisen gegangen wäre – er würde es allein tun müssen. Ihm fiel niemand ein, mit dem er eine Reise ins Blaue unternehmen könnte. Und doch hatte er Sehnsucht nach dieser Unbekümmertheit, mit der er sich durch die Welt bewegt hatte. Schon gestern, als er in der Hängematte träumte, ging es darum. Wie selbstverständlich damals alles gewesen war. Wie einfach. Wie klar zu unterscheiden war zwischen dem richtigen und dem falschen Weg. Und wie sicher er sich gewesen war, auf dem richtigen Weg zu sein.

Diese Sicherheit schien unendlich weit weg. Immer öfter, wenn er morgens aufwachte, brach etwas aus ihm heraus, das er nicht benennen konnte. Manchmal kamen ihm die Tränen. Er konnte kaum aufstehen, so übermächtig war sein Bedürfnis nach Schlaf und Bewusstlosigkeit. Die Zeit verging, ohne dass etwas passierte, ohne dass er etwas tat. Er war seit Jahren nicht mehr weggefahren. Hatte seit Jahren nichts Neues mehr angefangen. Seit Jahren keine neuen Menschen mehr kennengelernt. Wenn er gefragt wurde, sagte er, er habe, was er brauche. Ihm sei nicht langweilig. Sein Leben sei abenteuerlich genug. Aber meistens wusste er, während er dies aussprach, dass es nicht wahr war. Dass er vor allem sich selbst belog.

Patrik und er fuhren jetzt schon auf der Frankfurter Allee. Die Stadt hatte sie wieder. Noch immer brannte die Sonne. Und so, wie ihm vorhin die Tränen in die Augen stiegen bei der Erinnerung an die Reisen mit Anfang 20, so stiegen ihm jetzt die Tränen in die Augen bei dem Gedanken an sein Leben mit Ende 40.

Das Autoradio dudelte. Wenn auch immer wieder von Schweigen unterbrochen, so war das Gespräch mit Patrik doch nie ganz abgerissen. »Schau, hier bauen sie jetzt auch.« »Was macht eigentlich der …?« »Warst du schon mal im …?« Jetzt, kurz vor den Türmen am Frankfurter Tor, fragte Patrik: »Ist alles okay?« »Ja, warum?«, antwortete er. »Du bist ein bisschen schweigsam die ganzen Tage gewesen. Und jetzt guckst du, als würdest du gleich losheulen.« »Nee, wirklich alles prima. Weißt du, ich hab da jemanden kennengelernt, das beschäftigt mich.« »Da hast du gar nichts von erzählt«, sagte Patrik beinahe vorwurfsvoll. »Nee, ist auch nix Ernstes, ’ne Affäre. Ein Spanier.« »Du? Das passt gar nicht zu dir …« »Also bitte, was passt nicht zu mir? Was sagst du erst, wenn ich dir sage, der ist vierundzwanzig.« Patrik lachte: »Dann sage ich, du bist verrückt.« »Siehst du, und dann passt es doch wieder zu mir.« »Stimmt, da hast du recht.« Er sagte noch zwei, drei Sätze dazu, ohne zu erwähnen, was ihn eigentlich beschäftigte. Und da war es wieder. Die trostlose Stimmung war verschwunden, er fand sein Leben doch ganz angenehm und summte einen Schlager aus dem Radio mit. War das Selbstbetrug oder

Selbsttherapie? Allerdings würde sich die Renovierung der Küche, die ihn zu Hause erwartete, nicht einfach durch einen Stimmungsumschwung bewältigen lassen.

Dann stand er in der Küchenbaustelle. An manchen Tagen kam es ihm vor, als sei sein ganzes Leben eine Baustelle. Das klang gut: Baustelle. Hieß es doch auch, dass es einen Plan gab, dass man nur etwas tun, abarbeiten musste, um zu einem Ziel zu gelangen. Die Wirklichkeit sah zumeist anders aus. Da war er oft ratlos. Und plötzlich kam etwas daher, eine Lösung, ein Weg begann, Neugier lockte. Er wandte sich etwas Neuem zu und schon hatte er vergessen, wo das Problem gewesen war. Und ihm war klar, was fehlte: die Planung. Ihm war klar, dass er das hasste. Er ließ sich treiben und nahm, was kam.

Er erinnerte sich an ein Gespräch mit Oliver. Oliver war ein erfolgreicher Arzt, hatte eine erfolgreiche Ärztin geheiratet, ein schickes Haus in Lichtenrade gebaut. Er hatte es geschafft, ohne Umwege. Das war etwas, was er immer als konträr zu seinem Lebensentwurf empfunden hatte. Und dann sagte Oliver eines Tages bei einer Flasche Wein auf seiner Terrasse: »Ich bewundere, dass du immer so genau weißt, was du willst.« Und er war baff. So hatte er sich nie gesehen. Wenn einer wusste, was er wollte, dann Oliver. Aber als sie weiterredeten, wurde ihm klar, was Oliver meinte. Der sagte: »Ich hätte auch Physiker werden können, oder was ganz anderes. Ich hatte kein Ziel, das ist halt alles so gekommen.« Das kannte er. Er hatte jedoch immer gewusst, was er nicht wollte, was ihm nicht wichtig war. Das konnte schon so erscheinen, als wüsste er genau, was er wollte.

Der eigentliche Unterschied war: Ihm war Geld nie wichtig gewesen. Man musste seine Miete und sein Essen zahlen. Darüber hinaus hatte ihn Wohlstand nicht interessiert. In der Szene, in der er sich in den 80er-Jahren bewegt hatte, war eine gewisse Weltuntergangsstimmung durchaus verbreitet. Aber in allen Szenarien des Untergangs stand für ihn außer Frage, dass er nicht verhungern würde, dass es schon immer klappen würde. Das hatte bislang gestimmt. Er war nicht schlecht gefahren, hatte nie viel Geld, aber seine Ansprüche waren nicht hoch.

Und er hatte viel gelernt in seinem Leben. Doch unter dem Gesichtspunkt von Erfolg waren das allesamt unnütze Fähigkeiten. Intelligenz und Bildung hatte er von Haus aus mitbekommen, soziale Kompetenz, Umgangsformen, Kommunikationsfähigkeit und Verständnis für Menschen in allen Lebenslagen sich selbst erarbeitet. Doch da ihm ein Zeugnis fehlte, auf dem stand, dass er eine Ausbildung gemacht hatte, war das nichts wert. Und nun saß er da, sortierte Briefe – als ungelernter Arbeiter.

An schlechten Tagen fühlte er sich überqualifiziert und unterbezahlt. An schlechten Tagen fand er, er hätte es zu nichts gebracht. Hätte nichts aus seinem Leben gemacht. An guten Tagen fand er es absurd, dass »etwas aus seinem Leben machen« gleichbedeutend mit einem gefüllten Bankkonto sein sollte. An guten Tagen sagte er sich, dass Arbeit und Geld nicht der Selbstverwirklichung dienten, sondern dem Lebensunterhalt. An guten Tagen wusste er, dass die freie Zeit Luxus war. Wenn er bei Oliver auf der Terrasse saß, dessen Haus hinter sich, den gepflegten Garten vor sich, war ihm klar, was der Preis für diese Einstellung war. An schlechten Tagen erschien ihm dieser Preis hoch. Zumeist aber schien es der einzig mögliche Weg zu sein – für ihn.

Er zweifelte, wenn er daran dachte, dass er Ende der 80er bei der Post 1300 Mark auf einer Zwanzigstundenstelle verdient hatte.

Heute musste er zehn Stunden mehr in der Woche arbeiten, um Gleichwertiges zu verdienen. Das ganze Geschwafel vom endlosen Wachstum und dass es Deutschland inzwischen so gut gehe, wie schon lange nicht mehr, konnte er nicht mehr hören. Welch ein Zynismus! Es gab immer mehr Obdachlose, die soziale Versorgung war überall zusammengestrichen worden, die Rede von Altersarmut und von Leben in prekären Verhältnissen bestimmte hunderte Zeitungsartikel und wissenschaftliche Aufsätze, die keine Wirkung entfachten. Eine immer kleiner werdende Zahl von Menschen teilten sich die gut bezahlten Jobs. Deren Einkommen betrug oft das 270-fache eines Krankenpflegers. Die, die Geld hatten, hatten Kinder, denen die guten Jobs sicher waren. Die anderen hatten Kinder, deren Chancen auf gute Ausbildung äußerst gering waren. Geld wurde immer schneller von unten nach oben geschaufelt. Dass ein paar Näherinnen und Näher in Bangladesch unter unwürdigen Bedingungen arbeiteten, wurde als Leistung der Globalisierung verkauft. Die Welt wurde nicht gerechter. Die Internationale des Kapitals – sie hatte auf ganzer Linie gewonnen.

Er hatte aufgehört, zu glauben, dass er etwas daran ändern könne. Er hatte sich arrangiert, sagte: So ist das eben. Er fände keine andere Arbeit mehr, die ihm mit einem Minimum an Aufwand ein auskömmliches Leben – Reisen, ein paar Klamotten, ein paar technische Geräte – ermöglichte. Er fürchtete jeden Brief seines Vermieters. Bei der nächsten Mieterhöhung musste er damit rechnen, ausziehen zu müssen. Eine neue Wohnung wäre kleiner, viel kleiner, und wahrscheinlich nicht billiger. Und läge sicher nicht mehr im selben Kiez. Er würde sich noch mehr einschränken müssen. Könnte er sein Leben noch einmal ändern?

Folglich musste er an seinen Einstellungen festhalten, um nicht ein falsches Leben gelebt zu haben. Das wäre eine Erkenntnis, deren Bitterkeit er nicht würde ertragen können. Doch abgerechnet wird zum Schluss. Und der Schluss war noch lange nicht in Sicht.

Es war Abend geworden und er hatte Hunger. Er streifte durch die Straßen Neuköllns, stand schließlich einige Augenblicke unschlüssig an der Ecke und wusste nicht, was er essen wollte. Dann ging er in den kleinen Supermarkt, kaufte Salat und Bier. Zurück in seiner Wohnung machte er sich Bratkartoffeln und aß am Küchentisch zwischen den Kisten, die ihn vorwurfsvoll anschauten.

Die Hitze hing noch zwischen den Häusern, als er zu einem erneuten Abendspaziergang aufbrach. Er hatte kein Ziel, konnte jedoch nicht zu Hause sitzen bleiben. Er wartete auf Jorge – der wahrscheinlich nicht kommen würde. Er wusste nicht, wann Jorge von der Ostsee zurückkäme. Aber er war sich sicher, selbst wenn es heute wäre, Jorge käme nicht zuerst zu ihm. Und genau das machte ihn immer rappelig, dieses Dasein zwischen Erwartung und dem Wissen, um die Sinnlosigkeit des Hoffens. Anrufen war zu einfach. Er wollte nicht aufdringlich erscheinen. Also ging er los. Falls Jorge doch zu ihm käme, wäre er nicht zu Hause. Schon lustig, wie er funktionierte. Nun empfand er sich als kompliziert und fragte sich, ob andere auch so ein Wirrwarr produzierten oder ob sie nur taten, was sie taten, ohne nachzudenken.

Er ging zum Kanal und schlenderte dann Richtung Admiralbrücke. Es war bereits dunkel. Die Straßenlaternen leuchteten. Die Bullen standen noch etwas abseits und beobachteten das Geschehen auf der Brücke. Jemand spielte auf einer batterieverstärkten E-Gitarre »Stairway to Heaven«.

Er sah sich mit achtzehn, mit Freunden zu Besuch in Hamburg. Ein Abend im Herbst, die Bäume schon bunt gefleckt, die Luft noch warm und stickig. Erst hatten sie in einer verrauchten dunklen Kneipe etwas abseits am Hafen gesessen, dann waren sie ins »Grünspan« gefahren. Eine große Veranstaltungshalle, in der Konzerte stattfanden, an diesem Abend jedoch Disko. Der ganze Ort war etwas heruntergekommen, die Musik laut, bunte Lichtstrahlen beleuchteten die Tanzenden. So etwas hatten sie noch nie gesehen. Sie standen eine Weile mit Bier in der Hand an der Tanzfläche und beobachteten, wie sich die Strahlenbündel drehten und verformten, wie die Strahlen ihre Linien durch den dichten Nebel zogen. Später erst lernten sie, dass diese Strahlen Laser hießen. Sie tanzten, saßen in einer Ecke auf grünen abgewetzten Ledersofas. Als der Abend schon fast zu Ende war lief dieses Lied: »Stairway to Heaven«. Er war ein bisschen betrunken. Die Laserstrahlen drehten sich in der verrauchten Luft, nur noch wenige Menschen waren auf der Tanzfläche. Er fühlte sich aufgehoben. Sah das Leben mit allen Versprechungen vor ihm liegen. Und es gab einen Himmel, er sah diese Treppe und er würde Stufe um Stufe hinaufsteigen, begleitet von guten Freunden und Menschen, die er liebte.

Wenn er sich heute an diese Nacht erinnerte, musste er schmunzeln. Er überlegte, wie er eine solche Situation jetzt erleben würde, nachdem er unzählige Abende in lauten Diskotheken, Kneipen oder Bars hatte zu Ende gehen sehen. Nachdem er hunderte Male aus dem Dunkel der Nacht ins helle Sonnenlicht gestolpert war, schlafen ging, wenn andere schon den neuen Tag begannen. Die Magie war weg, durch Wiederholung abgenutzt. Aber der Schauder, der ihm über den Rücken lief, wenn er dieses Lied hörte, war noch immer da. Und er fragte sich, ob es sein konnte, dass alles, was wichtig war, bereits geschehen war in seinem Leben. Ob da nichts mehr kommen könnte.

»There's a feeling I get / When I look to the west / And my spirit is crying for leaving / In my thoughts I have seen / Rings of smoke through the trees / And the voices of those who stand looking«. Und dann die Zeilen, die Zukunft versprachen: »And it's whispered that soon / If we call the tune / the piper will lead us to reason / And a new day will dawn ...«

Er beschloss, Richtung Schöneberg zu gehen. Die Strecke fuhr er oft mit dem Rad, zu Fuß war er sie schon lang nicht mehr gegangen. Es war weit, doch es war Sommer, es war Nacht, er hatte nichts Besseres vor. Die Menschen saßen vor den Lokalen, es war voll und laut auf der Straße. Er bog hinter dem Südstern in die Bergmannstraße ein. Hier, wo sich auf der einen Seite Friedhöfe hinzogen und sich auf der anderen Seite eine Schule und kleine Läden befanden, die längst geschlossen waren, war es ruhig und die Luft wehte angenehm kühl von den Gräbern herüber. Ein kurzes Stück der Ruhe, schon an der Marheinekemarkthalle agierte das Straßenleben mit doppelter Heftigkeit.

Als er von der Bergmannstraße Richtung Kreuzberg schlenderte, wurde es schlagartig dunkel und leise. Es roch mit einem Mal nach Tieren aus dem Streichelzoo, Ponys, Ziegen und irgendwelchen Vögeln. Der künstliche Wasserfall war bereits abgestellt. Es war bergauf schon so dunkel, dass er den Weg mehr erahnte, als dass er ihn wirklich sah. Das Tor zum Denkmal war abgeschlossen, von oben, vom jenseits liegenden Victoriapark her, erklang das dumpfe Trommeln von Bongos und lautes Gelächter. Er hatte keine Lust über das Tor zu klettern. Vor sich erspähte er den dunklen Klotz des Postgiroamtes, der schon lange leer stand und aus dem in naher Zukunft ein Hochhaus voller Luxuswohnungen werden sollten. Er dachte an die Lampen, die an der Front des Hochhauses angebracht waren, und als er damals nach Berlin gekommen war, jede Nacht im Wechsel die Worte POST und GIRO zum Leuchten gebracht hatten. Das schien schon seinerzeit rührend altmodisch. Inzwischen gab es gar kein Postgiroamt mehr. Die Post hieß zwar noch Post, die Postbank war aber schon lange verkauft und einen Postminister gab es auch nicht mehr.

Er setzte sich, nachdem er das Denkmal umrundet hatte, auf die Wiese im Park. Menschengruppen in der Dunkelheit, nur ihre Umrisse waren zu erkennen. Dafür hoben sich die Geräusche umso deutlicher aus der Stille. Das Klirren von Bierflaschen, Gelächter, vereinzelt Musik. Der Geruch von Cannabis lag in der Luft.

Er langweilte sich. Ging vom Kreuzberg hinunter und stand eine Weile auf einer der Brücken über der S-Bahn. Sah die Züge mit ihren leuchtenden Fenstern auf sich zukommen, unter sich verschwinden, aus dem Nichts auftauchen und langsamer werden, bis sie am nächsten Bahnhof hielten. Dahinter der Potsdamer Platz und der Fernsehturm. Dann ging er weiter. Als er an der Mauer eines Friedhofs entlanglief, musste er an Paul denken. Paul, der schon so lange auf diesem Friedhof lag, dessen namenloses Grab er in all den Jahren nicht besucht hatte, den er in all den Jahren nicht vergessen hatte. Bilder und Situationen waren in seinem Kopf, sie überfielen ihn. Heute war ein Tag der Erinnerungen:

Er zog eine schwere, mit Metallplatten verkleidete Tür auf und stand in seiner Stammkneipe. Er blieb einen Moment an der Tür stehen und überblickte das Lokal. Es war schummrig beleuchtet, nur die große, mit Regenbogenfolie überzogene Muschel aus Pappmaché, die über dem Tresen hing, leuchtete weiß. Hinter dem Tresen vor einem Regal voll Flaschen und Gläsern standen Margott und Margott, der eine groß und stämmig mit einem Basecap, der andere klein und hager mit einer bunten Kette aus Holzperlen um den Hals. Er winkte ihnen zu und sah sich um. Das Lokal war gut besucht. Er hatte Paul sofort am Tresen stehen sehen, nun zögerte er einen Augenblick, bevor er sich zu ihm stellte. Paul sagte nur: »Hier bin ich.« Er antwortete: »Ich hab dich gesucht.« Paul nickte: »Ich weiß.« Er bestellte sich einen Gin Tonic. Sie schwiegen eine Zeit. »Ich gehe für ein halbes Jahr nach Paris.« »Freust du dich?«, fragte Paul. In diesem Moment wusste er es wirklich nicht. Den ganzen Tag über war er neugierig, wie es werden würde. Dann, als der Abend kam und er mit Freunden zum Essen verabredet war, waren seine Gedanken immer wieder zu Paul gewandert. Das Bedürfnis, Paul zu sehen, war immer stärker geworden. Er war sich nicht sicher, was er wollte. Wollte er sich nur verabschieden? Oder wollte er ihm sagen, wie sehr er ihn liebte. Was sollte das bringen, nun, da er weggehen wollte? Paul war seit einem Jahr mit Rainer zusammen. Er wusste, dass kein Platz für ihn war.

Daher versuchte er so zu tun, als wenn es ein Abend wie jeder andere wäre. Es gelang ihm nicht. Alles war Abschied. Sein Kopf sagte, dass er in einem halben Jahr wieder hier wäre, alles würde sein wie zuvor. Das Gefühl sagte, es wäre nie wieder so wie heute. Er käme als ein anderer zurück, die Menschen, die hierblieben, wären andere.

Sie redeten ein bisschen über Paris. Von Liebe und Sehnsucht kein Wort. Das Einzige, was er sagte, war: »Ich werde dich vermissen.« Paul lächelte und sagte: »Ich weiß.« Da wusste er, dass er auch an diesem Abend nicht über Liebe spräche. Er wollte diese Stimmung nicht verderben, wollte dieses Geflecht aus Andeutungen und Berührungen nicht zerreißen. Paul hatte sein Getränk ausgetrunken, er suchte seine Jacke, dann nahm er ihn in den Arm und fragte: »Willst du mitkommen? Ich hüte die Wohnung von einer Freundin, hier gleich um die Ecke?« »Mit dir gehe ich überall hin.« Paul grinste und küsste ihn. »Dann komm.« Sie liefen durch die kalte Winternacht. Es waren wirklich nur ein paar Schritte. Die Wohnung war geräumig und groß, dunkle Dielen und auch die Wände waren dunkel gestrichen. Ein großes Aquarium erleuchtete das Zimmer, so dass sie kein weiteres Licht anmachen mussten. Sie saßen eine Weile schweigend und schauten den bunten Fischen zu. »Lass uns ins Bett gehen«, sagte Paul. Sie zogen sich aus und schlüpften unter die große Bettdecke. Sex war kein Thema. Sie küssten sich und kuschelten sich aneinander, schliefen ein. Am nächsten Morgen sagte Paul: »Ich habe von Seide geträumt – das war schön.« Der Kühlschrank war leer, daher bestand das Frühstück aus einer Tasse schwarzem Kaffee mit Zucker. Paul fütterte die Fische, dann verließen sie die Wohnung. Sie umarmten sich, bevor sie sich trennten. Er kaufte sich eine Fahrkarte und packte seinen Koffer. Die Melancholie dieser Nacht begleitete ihn auf der ganzen Reise. Ihm ging ein Lied von Ingrid Caven durch den Kopf und als er in Paris ankam, wusste er, dass es ein Abschied gewesen war, aber auch der Anfang von etwas Neuem:

»Hier in meinem Zimmer in Paris / Bin ich so traurig, weil ich dich verließ – / Ich frage mich: ›Was störte mich an dir? (…)‹ / Und die Erinnerung – ein kleines Paradies – / Die Zeit geht hin, ich bleibe hier / In diesem kleinen, kleinen Zimmer in Paris / Und trinke mit den Trinkern auf ihr Glück / Und singe mit den Gauklern Liebeslieder / Und lachend kommen auch die Diebe wieder / Und wenn nicht du, so kommt ein Anderer zu mir zurück / Zu mir zurück!«

Heute musste er grinsen – kitschig, aber auch schön. Das Selbstverständliche von Ende und Anfang und das Vertrauen darauf, dass wenn der Eine geht, dann ein Anderer kommt, das war etwas, was er vermisste. Das hatte wahrscheinlich mit dem Alter zu tun. Die Menschen, die neu in seinem Leben auftauchten, waren weniger geworden. Manchmal schien es, als wäre der Kreis der Freunde seit Jahren immer kleiner geworden.

Inzwischen war er bis zum Kleistpark gekommen. Dort kaufte er sich in einem Spätkauf ein Bier. Mit einer Flasche Bier in der Hand durch die Straßen zu schlendern, war in Kreuzberg oder Neukölln selbstverständlich, hier in Schöneberg wirkte es exotisch. Aber er wollte sich nirgends hinsetzen, um etwas zu trinken. Er hatte eine starke Abneigung gegen Straßen, in denen sich die Lokale aneinanderreihten.

Über den Winterfeldtplatz und die Maaßenstraße bog er schließlich in die Motzstraße ein, die Hauptstraße des Schwulenviertels. Hier war er selten unterwegs. Er bevorzugte, wenn es bunt gemischt war. Sicher war es richtig, eine Straße zu haben, in der neunzig Prozent der Läden in schwuler Hand waren, von den Army-Fetisch-Klamotten über das Sexspielzeug bis zu den Antiquitäten oder der Apotheke, aber auch das nervte ihn mehr, als dass es ihn interessierte.

Er stellte sich zu den Menschen, die in kleinen Gruppen vor dem »Hafen« standen. Hier fiel er nicht mehr auf mit seinem

Bier in der Hand, alle hatten Flaschen in der Hand. Leises Gemurmel erfüllte die Luft, die Schilder im Fenster sagten: »Ruhe bitte! Nehmt Rücksicht auf unsere Nachbarn!« Hinter ihm unterhielten sich zwei über ihren Friseur. »Also das ganze Programm. Waschen, Kopfmassage, schneiden und noch mal waschen, das dauert immer eine Stunde.« »Also ich habe neulich mal einen Neuen probiert, der hat nicht gefragt, ob ich mit waschen möchte.« »Aber zumindest hinterher – das macht mich wahnsinnig, wenn die Haare mir in den Kragen rieseln. Also nur, wenn ich hinterher zum Sport geh, dann kann man drauf verzichten.« Er schaute sich um, die beiden, die sich da unterhielten, waren vielleicht Ende 20. In dem Alter waren für ihn andere Dinge wichtig gewesen. Er hatte seinerzeit von den »Dauerwellenschwuchteln aus Schöneberg« gesprochen. Diese jungen Männer waren ein schönes Beispiel für Vorurteile und ihre Bestätigung.

Er ging nebenan ins Tom's, die Darkroom-Bar war in die Jahre gekommen. Es gab andere Lokale, die besser besucht waren, angesagter, aber wenn er nach Schöneberg ging, landete er meistens hier. Er nickte dem Barmann am vorderen Tresen zu und bestellte am hinteren Tresen ein weiteres Bier.

Er stand mit dem Rücken an die Theke gelehnt, den linken Ellenbogen aufgestützt, in der rechten Hand hielt er das Bier. Der Raum war dunkel, bis auf ein schwaches Licht hinter der Theke, einige kleine Glühbirnen über ihm an der Decke und einen Bildschirm rechts von ihm in der Ecke. Dorthin schaute er. Es lief ein bunter Zeichentrickfilm. Eine Katze jagte eine Maus. Eine wilde Jagd, Stühle fielen, Tischdecken wurden mitsamt dem Geschirr vom Tisch gerissen. Die Maus rettete sich in ihr Loch, die Katze konnte nicht mehr stoppen. Sie schlidderte gegen die

Wand, taumelte, ein Kreis aus kleinen Sternchen drehte sich um ihren Kopf.

Er trank. Die Musik war laut, Rhythmus, immer wieder schrille Pfiffe wie aus einer Trillerpfeife. Er setzte sich auf einen Barhocker, der neben ihm frei geworden war, stemmte einen Fuß gegen den Balken, der als Raumteiler fast vor ihm stand. Der Balken hielt das grobe Holzdach, das über der Theke gebaut war.

Er bestellte sich ein weiteres Bier. Er saß eine ganze Weile, schaute mal auf den Bildschirm, auf dem inzwischen Pornos liefen, dann beobachtete er wieder die Männer, die einzeln, wie er, auf den Barhockern saßen. Dazwischen eine Gruppe junge Männer, er hielt sie für Kubaner, erst hatte er gedacht Brasilianer, doch sie sprachen eindeutig Spanisch. Sie unterhielten sich laut, waren immer in Bewegung. Er nahm einen letzten Schluck aus der Flasche und stellte sie leer auf den Tresen. Dann stand er auf, ging ein paar Schritte durch den Raum und die schmale Treppe in den Keller hinunter. Dort war es stockdunkel. Ein wenig Licht kam von der Treppe, verlor sich in dunklen Ecken und weiteren Räumen. Er stand mit dem Rücken an eine Wand gelehnt, die trotz der Hitze feucht und kühl war. Er zündete sich eine Zigarette an. Die Glut leuchtete rot im Dunkeln. Nur undeutlich konnte er andere Männer im Raum unterscheiden. Zigarettenrauch biss in den Augen, immer wieder flackerten Feuerzeuge, wurden rotglühende Punkte auf den Boden geworfen. Es war still, keiner sprach. In den Ecken vertiefte sich die Dunkelheit. Von dort klang das Klirren von Metall, vereinzeltes Stöhnen, rhythmische Geräusche, Männer beim Sex.

Er sog wieder an seiner Zigarette, es schmeckte nach Filter, mit einer kurzen abrupten Handbewegung warf er den Stummel auf den Boden. Männer kamen und gingen. Er beobachtete, unterschied Umrisse und Bewegungen, Gesichter wurden nur im Aufflammen eines Feuerzeuges sichtbar. Der Mann neben ihm räusperte sich, atmete unruhig, dann spürte er eine Hand an seinem Oberschenkel, die langsam zwischen seine Beine glitt. Die Berührung war ihm unangenehm, er drehte sich zur Seite, stand nun mit der linken Schulter an die Wand gelehnt. Er hörte, wie der Mann, der nun hinter ihm stand, sich eine Zigarette anzündete. Er wechselte seinen Platz.

An einen Vorsprung gelehnt, beobachtete er die Männer an der Wand ihm gegenüber. Er spürte eine Bewegung rechts neben ihm, ohne dass er etwas sehen konnte. Jemand fasste seine Hand. Erschrocken drehte er den Kopf, sah im Dunkeln erst nichts, dann ein paar Augen. Der andere war einen halben Kopf kleiner als er. Er wandte sich ihm zu, stand nun selbst ganz im Dunkeln und fühlte sich weiter in die Ecke gezogen. Er folgte. Sie küssten sich. Erst flüchtig, dann wurden die Lippen weicher. Der andere hielt ihn immer noch an der Hand, die andere Hand hatte er unter sein Hemd geschoben, erkundete den Rücken, die Schulterblätter, die Wölbungen der Wirbelsäule. Er hatte inzwischen das Hemd des anderen aufgeknöpft und spielte mit seinen weichen Brustwarzen. Durch die rechte Brustwarze fühlte er einen Ring gezogen, an dem er vorsichtig drehte. Der andere stöhnte, er hatte seine Hand losgelassen und knöpfte ihm die Hose auf, während er die andere Hand, der Wirbelsäule folgend, zwischen seine Arschbacken schob. Er versuchte die Gürtelschnalle des anderen zu öffnen, was ihm misslang. Der andere tat es selbst, holte seinen steifen Schwanz raus. Er öffnete seine Hose, hielt nun Schwänze in der Hand und rieb sie gegeneinander. Ein dritter wollte sich zwischen ihn und den anderen drängeln, grabschte ungeschickt, ließ aber ab, als der andere brummelte: »Nicht für dich.« Der andere drehte ihm den Rücken zu, und er rieb seinen Schwanz an seinem Arsch, während er weiter mit den Brustwarzen spielte. Der andere drehte sich halb und streifte ihm ein Kondom über seinen Schwanz. Dann presste er Gleitcreme aus einer Tube und verteilte sie zwischen seinen Arschbacken und auf dem Schwanz. Er fickte den anderen. Der stöhnte und beugte sich weiter vor. Er hielt ihn an den Hüften gefasst. Alkohol drehte sich in seinem Kopf und er lehnte sich mit dem Rücken an die Wand. Nun begann der andere, seinen Arsch zu bewegen, erst langsam, dann schneller. Viel zu schnell spritzte er ab. Er wartete einen Moment, dann zog er seinen Schwanz heraus. Der andere drehte sich zu ihm um und küsste ihn. Für einen Moment trafen sich ihre Hände, dann drehte sich der andere um, machte ein paar Schritte und war im Dunklen verschwunden.

Er stand immer noch an die Wand gelehnt und knöpfte sein Hemd zu. Als erneut eine Hand mit ihm zu spielen begann, zog er entschlossen die Hose hoch und drängte sich aus der Ecke hinaus. Er stand wieder im Halbdunkel, wo die Zigaretten glühten, und zündete sich selbst eine an. Er beobachtete die anderen Männer, die im Dunklen verschwanden und wieder auftauchten. Überlegte einen Moment, ob er wohl den Mann erkennen würde, mit dem er eben Sex gehabt hatte. Dann stieg er die Treppe hinauf und ging nach Hause.

# 11

Der Morgen war schlimm. Er war nicht verkatert, so viel hatte er nun auch wieder nicht getrunken. Aber der schnelle Sex hatte ihm keinen Spaß gemacht. Das war nicht sein Ding, er sollte es einfach lassen. Andererseits, Triebbefriedigung, vielleicht sollte er mal wieder in den Park gehen. Das war entspannter und jetzt im Sommer bestimmt besser, als sich in dunklen Kellern herumzudrücken.

Er kochte Kaffee. Im Brotkasten fand sich nur noch ein Kanten hartes Brot. Der Kühlschrank war leer. So saß er in der Morgensonne auf dem Balkon und rauchte. Er würde sich später was zu essen holen. Hunger hatte er sowieso nicht. Er überlegte, was er mit diesem Tag anfangen sollte. Wie so oft hatte er keine Lust zu gar nichts. Sollte er vielleicht den ganzen Tag über im Bett bleiben. Aber draußen schien die Sonne und er hatte Urlaub, da konnte man unmöglich im Bett liegen bleiben.

Schließlich packte er seine Schwimmsachen zusammen und fuhr mit dem Fahrrad zum Prinzenbad. Unterwegs kaufte er ein Schoko-Croissant. Obwohl es für seine Verhältnisse noch früh am Tag war, stand um kurz nach zehn bereits eine Schlange vor der Kasse des Bades. Er hatte seine Zehner-Karte, ging an den Familien mit Kindern und Jugendlichen vorbei und betrat das Freibad. Die roten Bodenfließen waren bereits warm, das Wasser leuchtete hell im Sonnenlicht. Er breitete sein buntes Handtuch auf den Stufen am Becken aus, zog sich aus und kramte die Schwimmbrille aus der Tasche. Das Wasser war kalt, daher schwamm er schnell, um warm zu werden. Als Kind und Jugendlicher hatte er viele Sportarten ausprobiert: Turnen, Reiten, Tischtennis und Aikido. Nur das Schwimmen war geblieben. Er teilte seine Bahn mit zwei Männern, die schneller schwammen als er, und einer Frau. Schwimmen war für ihn eine Art Meditation, und als er nach einer halben Stunde aus dem Wasser kam und sich auf sein Handtuch in die Sonne legte, war er erschöpft, aber gut gelaunt. Nach einer halben Stunde beschloss er zu gehen. Bald würde hier Handtuch an Handtuch liegen, dazwischen Halbwüchsige, die Ball spielen, und ältere Herren, die junge Männer beobachten, und junge Männer, die wiederum versuchten, mit den kleinen Gruppen junger Frauen ins Gespräch zu kommen.

Bevor er ging, holte er sich noch einen Pott Kaffee und aß sein Croissant. Er kramte in seiner Tasche nach dem Telefon. Zwei verpasste Anrufe. Jorge! Er rief zurück. »The person you have called is temporarily not available.« So ein Mist. Doch kaum hatte er das Telefon in die Hosentasche gesteckt, klingelte es. »Hi, you are back?« »Yes, yesterday evening. It was great. Completely different from the mediterranean.« »Of course, that's different. But the weather was great, wasn't it.« »Yes, but the water was cold, only nineteen degrees.« »That's a lot for Baltic Sea.« »Not enough when you are from Spain. Where are you? It sounds like Freibad.« »That must be summer, when the first word you've learned is Freibad. I'm in Prinzenbad. But I am going to leave right now, it's becoming crowded.« »Do you have plans for today?« »Not at all.« »There is these exhibition called ›Homosexualität_en‹. I like to see it, before I leave.« »Okay, I haven't seen it yet. Where shall we meet?« »I am coming from Larissa's place. I think the best is we meet at the exhibition. Let's say – one hour?« »Fine. Looking forward to see you.« »Me too.«

Er hatte schon öfter vor dem Plakat gestanden. Weißer Hintergrund, darauf ein fast nackter Mensch, muskulös, kurze Haare, rot geschminkte Lippen, kleine Brüste, und eine Narbe über dem Bauch, zudem ein Höschen, in dem vielleicht ein Penis verborgen war. Er konnte mit diesem Plakat nichts anfangen. Selbstverständlich verstand er, warum dieses Bild zu diesem Titel genommen wurde. Es gab nicht nur eine Homosexualität und es gab eben nicht nur ein Geschlecht. Aber dieses gephotoshopte Bild auf Hochglanz entsprach für ihn zu vielen Klischees, als dass es ihn angesprochen hätte. Von sich aus wäre er wahrscheinlich nicht in diese Ausstellung gegangen.

Er holte sein Rad. Es war nicht weit zum Deutschen Historischen Museum und er hatte noch Zeit. Er fuhr gemächlich. Vor der Baustelle des Stadtschlosses hielt er an und schob sein Rad. Der Schlossrohbau war fertig, in den glatten Betonwänden gähnten die leeren Fensteröffnungen. Von unten wurde bereits die Barockfassade davor gebaut. Absurd. Der Wiederaufbau von Stadtschlössern, das hier war ja nicht das einzige, war ihm zutiefst suspekt. Er wollte nicht gleich eine Verschwörung dahinter vermuten, wurde aber den Verdacht nicht los, dass mit dieser Rekonstruktion alter Herrschaftssymbole mehr als nur ein Gebäude wiederhergestellt werden sollte. Gleich eine Ecke weiter, neben der Schinkel-Kirche, die zumindest noch stand, hatte man beschlossen, die historische Straßenbreite in der Innenstadt zu rekonstruieren, so dass die entstehenden Luxusappartements nur fünf Meter von der Kirchenwand entfernt hochgezogen werden konnten. Da entstand eine mittelalterlich dunkle Gasse, mit Tiefgarage. Das Fundament der Kirche kam ins Wanken, sie war seit Jahren wegen Einsturzgefahr von innen abgestützt und für Besucher gesperrt.

Hier könnte man immerhin noch sagen, dass man einem zahlungskräftigen Investor entgegengekommen war, der so ein paar hundert Quadratmeter mehr teuerste Wohnflächen bauen konnte. Aber was soll das bei dem Schloss, dessen Nutzung man erst nach der Fertigstellung des Rohbaus entwickeln musste?

Langsam umrundete er die Baustelle, schob dann sein Rad an der Fassade des Zeughauses entlang, dem bedeutendsten erhaltenen Barockbau Berlins, das älteste Gebäude an der Straße Unter den Linden. Sein Fahrrad schloss er vor der gläsernen Schnecke des Pei-Baus an. Der Pei-Bau war ein Ergänzungsbau aus Glas und Beton, mit dem bald nach Mauerfall Platz für neue Ausstellungsräume und eine Erschließung des alten Gebäudes geschaffen worden war. Die großzügig gewundene Treppe in dem gläsernen Rund war für ihn eines der schönsten Treppenhäuser der Stadt. Es ging doch, man konnte modern bauen.

Er lehnte an den Fahrradständern in der Sonne. Schon von weitem sah er Jorge, der mit einem alten, klapprigen Fahrrad unterwegs war. Auf einem solchen Fahrrad konnte man nicht sportlich daherkommen. Aber Jorge gelang es immerhin, cool auszusehen, und nicht wie ein abgehängtes Mitglied einer Touristen-Fahrradgruppe. Sie küssten sich flüchtig zur Begrüßung. Jorge schloss sein Fahrrad ab und sie gingen hinein. Drinnen war es angenehm kühl. Sie lösten Tickets und liefen über die große Treppe in den ersten Stock.

Im ersten Raum standen viereckige Säulen, in die kleine Vitrinen und Monitore eingelassen waren. In kurzen Videosequenzen erzählten Menschen von ihrem Coming-out. In den Vitrinen waren Gegenstände ausgestellt, die dazu gehörten. Jorge blieb vor der einen oder anderen stehen und las die englischen Untertitel. Er selbst schlenderte nur daran vorbei, hatte keine Lust, die

Geschichten zu hören. Interessanter fand er die Porträts von Menschen, die als Frauen angesehen wurden, aber lieber Männer waren. Von Siebzehnhundertirgendwas bis heute.

Hier erklärte sich auch das Plakat. Es war gar keine Montage. Er war gar nicht auf die Idee gekommen, dass es sich um eine reale Person handeln könnte. Es war die Aufnahme der Transgender-KünstlerIn Heather Cassils, die sich in einer Art wochenlanger Performance diesen Körper, diese Muskeln antrainiert hatte. Nun fand er die Idee, die dahintersteckte, und auch das Bild nicht schlecht. Er musste zugeben, das Spiel mit Klischee und Erwartung, das die KünstlerIn beabsichtigt hatte – es hatte funktioniert.

Dann folgten Fotos und Zeichnungen, zwischen Kunst, Pin-up und Porno, die ein schwules Männerbild zeigen sollten. Im nächsten Raum Stellwände, die unter alphabetisch geordneten Schlagwörtern schwul-lesbische Geschichte der letzten 50 Jahre durchleuchtete. Das machte in seiner bunten Unordnung viel Spaß. Auch, da es Teil seiner Geschichte war. Weil Orte und Menschen auftauchten, die ihm begegnet waren. Zeitschriften, die er gelesen hatte, Veranstaltungen, die er besucht hatte.

Bevor sie in den zweiten Stock gingen, tranken sie im Museumscafé eine Apfelschorle. Er versuchte, Jorge zu erklären, wie merkwürdig es für ihn war, dass etwas, was einmal sein Alltag gewesen war, nun im Museum hing. Jorge fand das normal. Etwas passierte – dann war es Geschichte. Er dachte, dass es eben nicht Jorges Geschichte war. Das hier war seine Geschichte. Hier im Museum wurde ihm nun klar, dass diese Vergangenheit unwiderruflich vorbei war. Sie war analysiert, katalogisiert, in Vitrinen und Klarsichthüllen verpackt.

Den zweiten Teil der Ausstellung absolvierten sie merklich

schneller. Hier kamen Magnus Hirschfeld, Kinsey und andere Wissenschaftler, die sich mit dem Thema Geschlechtsidentität beschäftigt hatten. Dann gab es einen Raum zur juristischen Auseinandersetzung mit Homosexualität und einen Gedenkraum für die unter den Nazis im KZ ermordeten Homosexuellen. Das war gerade mal siebzig Jahre her, der Paragraph 175 war in Westdeutschland erst 1994 abgeschafft worden. Die schwulen Freiheiten im Berlin der Gegenwart waren in weiten Teilen der Welt unvorstellbar. So mischte sich in das Gefühl, wie gut es einem in dieser Stadt ging, das Unbehagen, wie bedroht diese Freiheit war.

Wieder auf der Straße schoben Jorge und er die Räder über die Museumsinsel, um sich vor dem Bodemuseum in die Abendsonne zu setzen. Obwohl schon eine ganze Menge Menschen versammelt waren, wurde gerade ein großer Block gleich links neben dem Eingang frei, dort, wo das Brückengeländer in die Fassade überging. Sie lehnten ihre Fahrräder an die Mauer und kletterten hinauf. Sie rauchten und schauten in die Sonne. Die Steine waren aufgeheizt, die Sonne war noch warm, sofort bildeten sich Schweißperlen auf seiner Stirn.

»You have a plan for tonight?«, fragte Jorge. »No, nothing special.« »It is a nice place for a sundowner. What's about having a beer, I can fetch some from the next Spätkauf.« »Great. Bring some cigarettes, I have left only two.« Jorge kletterte von der Mauer und fuhr mit dem klapprigen Rad davon. Er schaute ihm hinterher, bis er zwischen den Menschen auf der anderen Seite der Spree verschwunden war.

Plötzlich kam ihm in den Kopf, er müsse seinen Vater anrufen. Das passierte von Zeit zu Zeit, obwohl sein Vater seit fünf Jahren tot war. Er wunderte sich jedes Mal, woher dieser Gedanke kam –

und was er wohl zu bedeuten hätte. Er vermisste seinen Vater nicht. Hatte seinen Tod nicht als schmerzhaften Verlust erlebt, sondern als Endpunkt einer langen Krankheit.

Diese Anrufe, die er alle drei oder vier Wochen, meist an einem Wochenende viele Jahre lang pflichtbewusst absolviert hatte: Er hatte sie gehasst. Gesprochen wurde bei diesen Anrufen nichts Substantielles. »Wie ist das Wetter bei euch?« »Ja, hier auch.« »Das Auto war in der Werkstatt.« »Ja, da hat man immer Ärger mit.« »Ach der Nachbar – ja, ja.« »Dann mach's mal gut.« Ab und zu hatte er versucht, von sich zu erzählen, etwas von dem, was ihn beschäftigte. Das hatte er schon bald aufgegeben. Es kam nichts an, es kam nichts zurück. Daher hatte er eine Zeitlang gar nicht angerufen. Es vergingen drei Wochen, es vergingen zwei Monate. Und an jedem Wochenende wartete er auf einen Anruf von seinem Vater. Nichts war passiert. Es gab einfach ein halbes oder dreiviertel Jahr keinen Kontakt. Dann telefonierte er doch wieder. Weiterhin blieb es belanglos. Keine Frage, warum monatelanges Schweigen geherrscht hatte.

Manchmal wünschte er sich, er könne wenigstens richtig wütend sein. Manchmal wünschte er sich, er könne diese Wand aus freundlichem Desinteresse durchbrechen. Warum er wieder und wieder anrief, hätte er nicht sagen können. Es war mehr als nur das Pflichtgefühl. Es gab immer auch die Hoffnung, dass sein Leben in den Augen seines Vaters doch eine Rolle spielen könnte. Es war immer wieder die Enttäuschung, dass es nicht so war. Irgendwann war es egal. Diese Anrufe kosteten ihn nichts mehr. In dem Maße, wie sein Vater älter und dementer wurde, hatten die Gespräche noch weniger Inhalt. Er hatte noch weniger Grund, enttäuscht zu sein.

Als sein Vater gestorben war, verschwand das wochenendliche Pflichtgefühl zunächst, nach zwei, drei Jahren tauchte es allerdings wieder auf. In unvermuteten Momenten, kam ihm der Gedanke: Du solltest mal wieder anrufen.

Es ging dabei nicht um seinen Vater, so viel war klar. Vielleicht ging es um die Hoffnung, dass ihm einer zuhörte. Eine Art höhere Instanz, die ihm anerkennend auf die Schulter klopfte oder Ratschläge gab. Er wollte eine Bestätigung, dass er auf dem richtigen Weg war. Und so wie bei den trostlosen Telefongesprächen war ihm klar: Das würde er nicht bekommen.

»Everything alright?« Jorge reichte Bierflaschen und Zigaretten nach oben, bevor er selbst wieder auf die Mauer kletterte »Yes, I was far away in my thoughts.« »You look like.« Jorge küsste ihn. Sie öffneten die Bierflaschen mit dem Feuerzeug und schauten auf die Spree, in der leuchtend rot die Sonne versank. »Have you something like Homoehe in Spain?« »Why, do you want to marry me?« »Not at the moment.« Er musste schmunzeln. »I was thinking about family and why it is so important for some people to have the same rights like the straight.« Jorge guckte ein bisschen verständnislos. »I mean, yes, it is important to have the same rights. But why has it to be the right of the straight people, with marriage, special taxes and Witwenrente?« Jetzt nickte Jorge. »I understand. – Look the sun – what beautiful color. Is it possible to swim in the Spree?« Homoehe war nicht das Thema, das Jorge brennend zu interessieren schien. Und wenn er ehrlich war: Es interessierte ihn auch nicht.

Sie saßen lange, es war schon dunkel und die Laternen leuchteten gelb, als sie aufbrachen. Sie schoben ihre Fahrräder eine Weile, weil sie so besser reden konnten, weil sie es nicht eilig hatten, weil einem auch beim langsamen Schlendern schon der Schweiß ausbrach, auch um Mitternacht noch. Dann stiegen sie auf und fuhren durch Kreuzberg. Unschlüssig standen sie vor der Ankerklause, doch es war ihnen zu voll. Und so kauften sie beim Spätkauf ein weiteres Bier und setzten sich auf den Balkon.

# 12

Sie waren früh wach, standen aber spät auf. Lange lagen sie im Bett, schauten an die Decke oder auf den dunkelgrünen Vorhang, der sich im leichten Wind blähte. Sie redeten nicht viel, jeder hing seinen Gedanken und Träumen nach. Er kochte Kaffee, dann saßen sie mit den Tassen in der Hand wieder im Bett. Während Jorge duschte, schlief er noch einmal kurz ein. Er wachte auf, als Jorge sich an ihn schmiegte. Als er die Augen aufschlug, schaute er in dessen braune Augen. »I want to stay for the last days in Berlin at your place.« »When do you have to go back to Madrid?« »The day after tomorrow.« »Ooops, that is soon.« »That is two days left.« Trotzdem war er erschrocken. Ihm war klar, dass die unbeschwerten Tage kein Dauerzustand sein konnten. Aber zwei Tage, das klang verdammt kurz.

Und dann? Er hatte Angst vor der Leere, die ihm so zu schaffen gemacht hatte. Aber er hatte die Hoffnung, dass er nicht in ein Loch fallen würde, auch wenn Jorge nicht mehr neben ihm aufwachen würde. Irgendwo in ihm, dort wo die Launen entstehen, hatte sich etwas verschoben. Eine Phase der Unzufriedenheit schien abgeschlossen. Nicht, dass nun alles einfach wäre. Nicht, dass er einen Plan hätte, wie sein Leben von nun an weiter verlaufen sollte. Aber er war zuversichtlich, dass sich etwas änderte – dass er etwas änderte.

»So, what will we do today?« »Can I stay with you?« »That is what I really want.« »Then I go to pick up my things at Larissa's place. Do you have a second bicycle?« »Yes, but I am not sure, if it is okay. It's in the cellar.« »Then I bring the bicycle to Ricardo, go to Larissa and will be back in maybe two hours.« »I look for the Gästefahrrad. Maybe we go swimming. You know Teufelssee?« »I have heard about, but I wasn't there.« »We will see. I wait for you. Here are the keys.«

Als die Wohnungstür zuklappte und er Jorge die Treppe hinunterlaufen hörte, blieb er liegen. Er hörte ihn im Hof das Fahrrad aufschließen, dann die Hoftür, dann war es wieder still. Er dachte daran, wie er vor einigen Tagen hier gelegen und darauf gewartet hatte, dass sich an der Decke das »Eigentliche« zeigen würde. Es hatte sich nun doch gezeigt. Und es gab einen Grund aufzustehen: Er musste das Fahrrad aus dem Keller holen und sehen, ob es noch funktionierte.

Er war lange nicht mehr im Keller gewesen. Als er hier einzog, da gab es noch Kohleöfen in den Wohnungen, und im Winter war er jeden Tag in den Keller gegangen und beladen mit zwei Eimern voller Kohlen die vier Stockwerke wieder nach oben gestiegen. Zwischen dem ersten und dem zweiten Stock traf er in den ersten Jahren noch oft auf den alten Herrn Matthes aus dem dritten Stock, ebenfalls mit zwei Eimern. Der schnaufte schwer, lehnte aber jedes Hilfsangebot ab. Stattdessen rauchte er eine Zigarette, dafür stand auf dem Fensterbrett extra eine alte Blechdose.

Als er hier einzog, da gab es noch Leute im Haus, die hier seit 1946 gewohnt hatten. Inzwischen war er nicht nur derjenige, der am längsten hier im Haus wohnte, er war auch der älteste. Sicher, er hatte noch ein paar Jahre, bis er als »der Alte aus dem vierten Stock« beschrieben werden würde, aber er überlegte schon, ob er irgendwann auf den Absatz zwischen dem zweiten und dritten Stock einen Stuhl würde stellen müssen. Sicher war er sich schon jetzt, das mit dem Rauchen im Treppenhaus, das würden die Leute, die hier wohnten, nicht mitmachen. Wahrscheinlich würde er rausgeklagt werden. Oder er würde Narrenstatus bekommen.

Die Reifen des Fahrrades waren zwar ziemlich platt, aber als er sie aufgepumpt hatte, schienen sie die Luft zu halten. Zumindest für heute und morgen würde es gehen. Mit einem Lappen wischte er den Kellerstaub von Sattel und Rahmen, dann schloss er das Rad mit seinem Rad zusammen und ging wieder nach oben.

Auf seinem Handy blinkte eine SMS: »Frühstück heute oder morgen?« Das hatte er fast vergessen. Matthias. Seit Jahren gingen sie regelmäßig frühstücken. Sie sahen sich auch sonst recht oft, aber der wöchentliche Termin war in seiner Regelmäßigkeit etwas Besonderes. Manchmal war es nur eine Stunde, manchmal saßen sie Stunden beisammen und tauschten aus, was in der letzten Woche passiert war, was in der nächsten Woche passieren sollte. Er rief schnell an: »Hallo! Ich bin's. – Lass uns doch heute, morgen kann ich nicht. – Nee, ich hab noch Urlaub, aber morgen ist schlecht. Erzähle ich gleich. – Gut, zehn Minuten, dann mach ich mich auf den Weg.«

In der Ankerklause waren sie bekannt. Meistens war er als Erster da. Heute saß Matthias schon im Schatten der großen Linde und hatte seinen Cappuccino vor sich stehen. Auf dem Dach kreischten einige Möwen, und verbreiteten eine Atmosphäre von Urlaub am Meer. Jana stand in der Tür und winkte. »Auch erst mal einen Cappuccino?« »Ja, gerne.« »Wässerchen dazu?« »Nö, lass mal.« Dann umarmte er Matthias und setzte sich neben ihn.

»Na, was ist los? Warum hast du morgen keine Zeit.« »Ich hab jemanden zu Besuch.« »Jemanden?« »Ja, ich hab da einen jungen Mann kennen gelernt.« »Ich höre.« Und dann erzählte er die ganze Geschichte. »Und übermorgen fliegt er schon nach Spanien zurück?« »Ja, leider. Mein Urlaub ist dann auch vorbei.« »Und seht ihr euch wieder?« »Eigentlich gehe ich davon aus – aber man weiß ja nie.« »Du bist immer so vorsichtig.« »Nee, nur realistisch.« »Ist das bei dir nicht dasselbe?« War es? Sein erster Impuls: Leugnen. Dann war er sich nicht sicher. Als er jünger war, hatte er sich oft unbekümmert Neuem zugewandt. Je älter er wurde, umso mehr hielt er sich am Bestehenden fest. Ein Konflikt zwischen Idealismus, den er verloren hatte, und dem Realismus, den er mühsam gelernt hatte. Oder war es der Unterschied zwischen Zuversicht und Vorsicht? Irgendwo hatte er vor langer Zeit den Satz gelesen: »... die Welt mit lachendem Mut umwälzen.« Das war es, was er immer noch wollte. Das ging nicht ohne Auseinandersetzung, und Irrtümer waren nicht ausgeschlossen. Aber es ging darum, die Erzählung zu durchbrechen: Die Welt ist, wie sie ist, das wirst du nicht ändern. Diese Erzählung hatte sein Leben in den letzten Jahren so trostlos, so grau gemacht. Dabei ging es nicht darum, auf das Paradies zu hoffen. Es ging nicht darum, auf das Glück zu warten. Es ging darum, das Leben zu leben – nicht um ein langes Absterben vor dem Tod.

Das Frühstück kam, Rührei für Matthias, Früchtequark für ihn. »Gut, du hast recht. Das ist nicht realistisch, das ist vorsichtig. Also, ich frage, ob ich ihn im Herbst in Madrid besuchen kann.« Matthias musste lachen. »Da hast du jetzt aber ganz schön lange drüber nachgedacht.« »Ja, aber is' ja auch was bei rausgekommen.« »Ich find' es gut.« »Ich auch.« »Jetzt musst du nur noch rausfinden, wie dein Spanier das findet, dann kannst du einen Flug buchen. Wenn du das jetzt machst, kriegst du bestimmt noch 'nen billigen.«

Sie tranken jeder noch einen zweiten Cappuccino und rauchten eine Zigarette. Dann zahlten sie.

Jorge war schon wieder in seiner Wohnung und ging telefonierend im großen Zimmer auf und ab. Er packte seine Sachen zusammen, die er mit zum See nehmen wollte, dann setzte er sich auf den Balkon und rauchte, bis Jorge mit dem Telefonieren fertig war. »Greetings from my parents«, sagte Jorge. Er war überrascht. »You talked to your parents?« »Yes, for nearly half an hour. My mother always wants to know everything.« »And you tell her everything?« »Not exactly everything, but most. She is okay. My dad is a little bit more complicated, but in the end – I like them.« Er war ein bisschen eifersüchtig. Wie gerne hätte er das auch von seinen Eltern sagen können.

Dann brachen sie auf, die Luft im Reifen des Gästefahrrades hatte gehalten. Sie fuhren durch Kreuzberg bis zum Ostbahnhof und schoben die Fahrräder in die S-Bahn, die erstaunlich leer war. Auf der Bank gegenüber saßen zwei ältere Damen und redeten über Beerdigungen. Nicht, dass ihn das Thema besonders interessiert hätte, aber da Jorge in seinem Buch las und die Damen nicht besonders leise sprachen, konnte er es nicht vermeiden, dem Gespräch zu folgen: »Der Heinz hat sich jetzt überlegt, er will inne Mitte liejen.« »Na, der war immer schon speziell.« »Also links, da is dit Grab von seine ersten Frau, und dit daneben hatter schon jekooft und die Irmi, die soll jetzt dit daneben nehmen.« »Und? Macht Irmi?« »Nee, Irmi hat jesacht, die will entweder bei ihm mit ins Grab oder was nich direkt daneben.« »Na dit kann man ja ooch verstehen.« »Ja, aber bei ihm mit ins Grab, dit ist doch ooch komisch, wenn gleich daneben seine erste Frau liegt.« »Na, ick würd sowieso nich mit meinem Erwin in een Grab. Also wenn ick mir vorstelle, wir zwee in eenem Grab, da würden wa uns den janzen Tach nur streiten. Nee, da will ick ooch was Eigenes.«

Am Teufelssee war es voll. Sie suchten sich einen Platz auf der Wiese und gingen ins Wasser. Jorge protestierte erst ein bisschen: »That is like Baltic Sea. It is too cold for me. I am from Spain, you know.« »It is 20 degrees, and outside it is 30 degrees, don't be silly.« Sie schwammen eine ganze Weile. Jorge war kein besonders guter Schwimmer. Er selbst gab sich denn auch Mühe, nicht zu schnell zu schwimmen. Auf der Plattform im See drängelten sich die Menschen, so schwammen sie nur drum herum.

Wieder an ihrem Platz zog Jorge einen Joint aus seinem Rucksack. Sie spielten Backgammon. Dann ließ er sich nach hinten fallen und schaute in den Himmel, in dem ganz weit oben eine Schwalbe ihre Sturzflüge übte. Im Halbschlaf drangen Gesprächsfetzen in sein Bewusstsein. Manchmal war es nur ein Gemurmel, dann stach wieder eine Stimme hervor: »Heute gibt's bei uns Rollmops und Kartoffeln, bei der Hitze soll man ja salzig essen.« »Felix – nerv nicht! Erst wird das Eis gegessen und dann nicht gleich ins Wasser. Das ist nicht gut.« »Ich liebe Afrika, ich habe es schon immer geliebt. Aber ich war erst zweimal da.« Bald musste er eingeschlafen sein.

Als er aufwachte, war die Sonne um die Birke herumgewandert. Jorge schlief neben ihm. Es war leerer geworden. Er ging noch einmal ins Wasser. Er schwamm entlang der Bojen, die die Fläche, die zum Baden freigegeben war, begrenzten, ein paarmal hin und her. Dann ließ er sich eine Weile auf dem Rücken treiben. Wie es wohl wäre, wenn man in einem Land leben würde, in dem immer Sommer wäre. Oder zumindest länger als hier. Würde er die Zeit genauso genießen? Wären dann vielleicht die Wintertage die, die man genießen würde? Er sollte wirklich in den Süden fahren. Madrid, und von dort aus ans Meer. Mit oder ohne Jorge. Er würde ihn fragen. Aber nicht jetzt.

Jorge wachte auf, als er sich abtrocknete. Sie blieben, bis die Mücken kamen und sie fraßen.

## 13

Sie waren früh ins Bett gegangen, hatten wenig geschlafen und waren früh wach. Doch plötzlich war es halb eins. Er hatte schon immer das Gefühl, dass im Sommer die Zeit schneller verging. Jorge hatte Larissa und Sergio und noch zwei, drei andere Freunde zum Essen eingeladen. Er war ein bisschen aufgeregt. Auch wenn er während der Besetzung auf der Puerta del Sol eine riesige Volxküche mitorganisiert hatte, war es etwas anderes, acht Freunde zu einem großen Essen einzuladen. Auf dem Einkaufszettel standen fünfundzwanzig Garnelen, vierzig Muscheln, zweihundert Gramm Calamari, zweihundert Gramm Fischfilet, zwei Hühnerbrüste, Chorizo, drei Zwiebeln, Knoblauch, zwei bis drei Paprika, Tomaten, geschält, Erbsen, Petersilie. Und das waren nur die Zutaten für die Paella. Dazu kamen die Vorspeisen und der Nachtisch. Getränke, immerhin, brachten die Freunde mit.

»I am not sure if we find that all at the Maybach Market, but we can try.« »It is no problem to change things, you know you can cook paella in so many different ways.«

Sie begannen den Einkauf mit einem Cortado im Schatten der großen Linde vor der Ankerklause. An Markttagen war es hier rappelvoll. Eigentlich zu voll. Seit über 20 Jahren ging er auf diesen Markt. Das Publikum hatte sich geändert. Auch wenn immer noch Deutsch und Türkisch die dominierenden Sprachen war, Spanisch und Englisch waren inzwischen fast gleich vertreten. Manchmal kam er sich geradezu exotisch vor, wenn er deutsch sprach. Heute mit Jorge an seiner Seite und dem Wechsel von Englisch, Deutsch und Spanisch fühlte er sich so kosmopolitisch wie schon lange nicht mehr.

Trotz aller Veränderungen war dies sein Zuhause. Es gab Menschen auf diesem Markt, die arbeiteten hier, so lange er sich erinnern konnte. Die beiden Männer hinter dem Fischstand, an dem sie ihren Einkauf begannen, standen auch schon ewig hier. Trotzdem gab es nach all den Jahren kein sichtbares Zeichen des Wiedererkennens. Wahrscheinlich war das für die Händler wie für ihn zu der Zeit, als er noch in der Kneipe gearbeitet hatte. Da wusste er auch nie, woher er nun wieder dieses oder jenes Gesicht kannte, und beschränkte sich auf gleichmäßige Freundlichkeit.

Im Weinladen kauften sie noch eine Flasche Kochwein. Jedes gute Rezept beginnt mit dem Satz: »Man fülle eine Flasche Wein in den Koch«. Bei dem Versuch, diesen Satz Jorge zu übersetzen, verhedderte er sich in der Grammatik, der schwäbische Weinhändler konnte auch nicht helfen und alles endete in Gelächter.

Beladen mit den dünnen orangen und weißen Plastiktüten gingen sie nach Hause, verstauten alles im Kühlschrank und stellten fest, dass noch genügend Zeit für einen Mittagsschlaf war, bevor Jorge mit dem Kochen beginnen musste. Sie legten sich aufs Bett, lagen zunächst dicht beieinander, rollten sich dann jedoch je auf eine Seite und schliefen fast eine Stunde.

»Now you had to hurry up. When they come at eight, you have only two hours.« »No, we are talking about Spanish people. Nobody will be here before a quater past nine.« Jorge lachte. »I can help you. Cutting some vegetables, washing the salat – what you want.« »If you wash the salat, that would be great. I hate it.« Während er den Salat wusch, drehte Jorge einen kleinen Joint. Sie kochten einen Espresso, saßen am beladenen Küchentisch und rauchten.

»And it is really okay for you, that they all come to your place?« »First – now it is to late to say something different, second – no problem at all, third – my place is your place.« »And are you sure, that you don't want to be here for dinner?« »I come later, and if there are still people, it will be nice to meet them. But I think you should have your friends for the last evening in town for your own. And I don't want anyone to speak with the old man who lives in the flat only to be polite.« »Don't be silly, you are not the old man. You are …« Jorge suchte nach Worten. Er lachte. »Yes, I am – what? No, come on, if it is important for you I will stay here for dinner. But if not, I would prefer to see Martin, like it was planed, to see you later and to bring you to the airport tomorrow morning.« »Okay, that's fine with me.« Es entstand eine kleine Pause, das Radio dudelte, im Hof flogen die Mauersegler kreischend an der Hauswand entlang. Sie schauten sich stumm an. Er drückte den Joint aus und griff über den Tisch nach Jorges Hand. Er erinnerte sich an das zweite Treffen vor dem Spätkauf am frühen Morgen und wieder drehte er die Hand und küsste seine Handinnenfläche. Jetzt kam es ihm nicht albern vor. »You asked about Homoehe in Spain, and yes, we have it. Would you come to Madrid and marry me?«, fragte Jorge mit einem Grinsen. »Sure not«, antwortete er. »I would suffer for the rest of my life.« »But I could cook.« »That make things different, then I will think about it.« Jetzt mussten sie beide lachen, Jorge kam um den Tisch herum und sie küssten sich.

Später stieg er aufs Fahrrad und fuhr in die Stadt. Schon lustig, »in die Stadt«, das war für ihn immer noch Ku'damm und drum herum. Abgesehen davon, dass in Berlin überall Stadt war, gab es seit mehr als 20 Jahren eine weitere Stadtmitte, im Osten, Alexanderplatz oder Unter den Linden, doch das war nicht »in die Stadt fahren«. Die wenigen Jahre, die er in Westberlin vorm Mauerfall verbracht hatte, waren stärker als 20 Jahre Einheit. Und wenn er anderen gegenüber sagte: »Ich fahre in die Stadt«, dann zeigte das auch, wie lange er schon in dieser Stadt lebte. Als er unter den Yorckbrücken entlangfuhr, erinnerte er sich an den Vormittag, den er mit seiner Cousine verbracht hatte. Wieder dachte er, wie oft er sich in der Vergangenheit bewegte, wie viele Gedanken ihren Ursprung im Damals hatten.

Es waren nicht nur die Orte und Plätze, an denen seine Erinnerungen hingen. Als Jorge von den Treffen und Demos, den Besetzungen und den Arbeitsgruppen erzählte, dann waren ihm immer wieder Bilder aus den 80ern in den Kopf gekommen. Wann hatte er zuletzt auf einem Plenum gesessen? Wann hatte er sich zuletzt über endlose politische Diskussionen oder unsinnige Machtspielchen geärgert? Wie so viele hatte er sich ins Private zurückgezogen. Meinungen hatte er natürlich immer noch und er gab sie in Gesprächen auch zum Besten, aber es entstanden keine Zusammenhänge mehr. »Allein machen sie dich ein, / schmeißen sie dich raus, / lachen sie dich aus«, »Und alles, was du da noch sagen kannst, / ist: ›Das ist ’n ganz schöner Hammer, ey Mann!‹« Ton Steine Scherben, das ging ihm durch den Kopf, während er am KaDeWe vorbeifuhr.

Mit Martin war er im Schwarzen Café verabredet. Auch so ein Ort von früher. Martin stand vor der Tür und wartete. Die wenigen Tische an der Straße waren besetzt, so gingen sie hinein. Es war stickig, trotz offener Fenster und von der Kantstraße dröhnte der Straßenlärm hinein. Es war nicht zu voll. Martin und er fanden einen Platz in einer Ecke. Es war so laut, dass man die Köpfe ganz eng zusammenstecken musste, wenn man nicht schreien wollte.

»Damit ich es nicht vergesse«, sagte er und legte seinen Ersatzschlüssel auf den Tisch. »Sonst muss ich nächstens tatsächlich den Schlüsseldienst holen, wenn ich mich wieder ausgesperrt habe.« Martin steckte den Schlüssel ein. »Wie weit bist du denn mit der Renovierung?« Er musste lachen: »Seit wir uns das letzte Mal gesehen haben, habe ich keinen Handschlag getan.« Er fing an zu erzählen, wie er die letzten zehn Tage verbracht hatte. »Du bist verliebt«, unterbrach ihn Martin. »Ja, aber er fährt morgen wieder.« »Was ist schon für die Ewigkeit«.

Das war richtig. Es war ein Irrtum, dass man ständig im Glück leben könnte, es galt darauf zu vertrauen, dass es immer wieder kommen würde. Am Tag ein paar Minuten, im Monat ein paar Tage, im Jahr ein paar Wochen. Das musste man erkennen und aushalten können.

»Du hast dich schon lange nicht mehr auf jemanden eingelassen«, stellte Martin fest. Martin hatte zumeist verschiedene Eisen im Feuer. Immer neue Namen. Männer, mit denen er Sex hatte. Männer, von denen er mehr wollte als nur Sex. Männer, die mehr von ihm wollten, als er bereit war, zu geben. Und doch meinte Martin oft, er käme am besten allein zurecht. Er bewunderte Martin für seine Offenheit, mit der er auf neue Menschen zuging. Doch so unterschiedlich sie waren: Dass das Leben nicht mit ewiger Treue und monogam zu bewältigen war, darin waren sie ganz einer Meinung.

Aber eine neue Liebe ist kein neues Leben. Das ist Quatsch. Er war verliebt, klar. Jorge wäre übermorgen wieder in Spanien, er würde wieder allein sein – und doch war vieles anders. Eine Frage war beantwortet. Eine Frage, die er nicht wagte auszusprechen, nicht wagte, sich selbst zu stellen. Er hatte sich gefragt, ob sein Leben, ob das alles ein Missverständnis gewesen war. Ob er den falschen Zielen nachgelaufen war, ob all das, was er für richtig und wichtig gehalten hatte, in eine Sackgasse geführt hatte, aus der er nun nicht mehr herauskam. Allein die Möglichkeit, die Antwort könnte »ja« sein, hatte ihn gelähmt. Jetzt konnte er sich der Frage stellen. Sie hatte ihren Schrecken verloren. Alles ließe sich noch ändern.

Nachdem sie gegessen hatten, beschlossen sie für einen Nachtisch zu Anabela zu gehen, die ein kleines Restaurant gleich um die Ecke aufgemacht hatte. Als sie von der Kantstraße in die Seitenstraße abbogen, wurde es ruhiger, nur selten fuhr ein Auto vorbei. Bei Anabela nahmen sie den kleinen Tisch und bestellten Bier. Nach einer Weile kam Anabela vor die Tür, großes Hallo zur Begrüßung. Er war nicht oft hier, aber die Begrüßung war immer herzlich. »Ich muss noch schnell was fertig machen, dann komme ich raus«, sagte Anabela. Martin und er saßen eine Weile schweigend. »Wie lange hast du noch Urlaub?«, fragte Martin. »Viel zu kurz. Nur noch morgen. Aber ist schon okay.« »Du warst gar nicht weg?« »Ich war auf dem Land, und im Sommer, finde ich, muss man eh nicht wegfahren. Im Februar oder März muss man raus aus Berlin. Da ist es schlimm.« »Auch im März warst du nicht weg.« »Das stimmt, ich war schon zwei Jahre lang nicht weg.« Anabela setzte sich dazu. »Wann warst du das letzte Mal im Urlaub?« Anabela musste einen Augenblick überlegen. »Im September eine Woche auf Usedom.« »Das ist auch schon eine Weile her«, sagte Martin. »Wenn man mit vier Leuten einen Laden fünf Tage die Woche offenhalten will, dann ist nicht viel

Zeit für Urlaub.« »Aber es läuft doch gut, oder?« »Ich bin zufrieden. Ich bin meine eigene Chefin. Geld kommt und geht. Wichtig ist, sich nicht kaputtzumachen.« Er nickte zustimmend. Das war ganz seine Meinung. Er hatte auch schon hinter dem Tresen gestanden. Nun sortierte er eben Briefe. Es war ok.

Anabela fuhr fort: »Hier kann ich wirklich genau das machen, was ich will. Ich bin keine Maschine, die irgendeine Speisekarte abarbeiten muss. Wir sind ein kleines Team und wir müssen nicht perfekt sein, wir müssen nur wir selber sein. Und das was wir machen, das können wir gut.« Ein kleines Schweigen breitete sich aus, ein leiser warmer Wind bewegte die Blätter in den Bäumen.

Er wollte dann bald nach Hause. Er hatte Jorge seit vier Stunden nicht gesehen und verspürte Sehnsucht. Es würde schwer werden, wenn der junge Mann am nächsten Morgen nach Spanien zurückflöge. Ganz egal, ob sie sich wiedersähen oder nicht, diese Tage im Sommer gingen zu Ende und würden sich so nie wiederholen. Eine Welle der Melancholie erfasste ihn. Sie verabschiedeten sich von Anabela, er ging mit Martin noch bis zur Ecke, wo sie ihre Fahrräder abgestellt hatten, umarmte den Freund, sie küssten sich, dann fuhren sie in entgegengesetzte Richtungen davon.

Als er nach Hause kam, war niemand da. Der Großteil des Geschirrs war gespült. Auf dem Tisch standen noch ein paar Gläser und Espressotassen. Die Balkontür stand offen, nur die Klemmlampe am Schreibtisch brannte. Er holte sich ein Glas aus der Küche, schenkte sich aus einer der halbleeren Rotweinflaschen ein und legte sich aufs Sofa. Merkwürdigerweise genoss er es, allein zu sein. Er wusste, Jorge würde kommen. Und er konnte warten. Er stand auf und suchte Musik, fand aber nichts, was ihm gefiel. Er ging in die Küche, holte sich ein Glas Wasser. Die meisten Kisten standen noch immer unberührt, die Wände waren halb gestrichen. Seit zehn Tagen hatte er nicht weiter renoviert. Wieder verspürte er den Impuls, alles liegen zu lassen und zu gehen. Etwas Neues anzufangen.

Er ging zurück ins große Zimmer, legte sich wieder auf das Sofa. Geräusche drangen von der Straße herauf. Er blieb liegen, als er Schritte auf der Treppe hörte und sich gleich darauf der Schlüssel im Schloss drehte. »Hi sweety, I am in the Wohnzimmer.« Jorge tauchte im Türrahmen auf und blieb einen Moment dort stehen, wahrscheinlich konnte er im Halbdunkeln nichts erkennen. Erst als er vom Sofa aus winkte, kam Jorge und kuschelte sich in seinen Arm. »Could someone take a picture of us?«, sagte er in den leeren Raum. Jorge küsste ihn: »I think you had to keep it in your mind.« »Yes, I will. You had a nice evening with your friends?« »Very nice, but now I am a little drunk and very tired.« »Same, same.« Sie lagen eine Weile schweigend.

Als er aufwachte, wurde es gerade hell. Er war mit einer Decke zugedeckt, aus dem Schlafzimmer hörte er Jorges ruhige Atemzüge. Er stand einen Moment auf dem Balkon und schaute in den zu dieser Tageszeit noch fast grauen Himmel. Dann ging er zum Bett, schlüpfte leise unter die Decke, ohne Jorge zu wecken.

Er träumte von einer fremden Stadt. Große Straßen, hohe Häuser. Die Straßen sind vereist. Wie ein Eisschnellläufer gleitet er auf Schlittschuhen tief gebückt den fast menschenleeren Bürgersteig entlang. Er kommt zu einer Ladenzeile, die eigentlich mehr aus Marktständen besteht, die ineinander verschachtelt sind wie auf einem Basar. Alternative Geschäfte, Obst, Gemüse, Kunsthandwerk. Dazwischen Cafés, durch die man hindurch geht, um zum nächsten Marktstand zu kommen. Vor einem Café muss er warten, weil die Leute nur in kleinen Gruppen eingelassen werden, es ist bereits überfüllt. Dann ist er vor einer Tür, davor ein Filmteam, Scheinwerfer und Kameras sind aufgebaut. Er zögert, steht eine Weile vor dem rot-weißen Absperrband, geht dann entschlossen auf einen der Männer vor der Tür zu und bittet, er möge ihn durchlassen. Es ist Jorge, der ihm die Tür öffnet und noch ein paar Schritte mit ihm ins Freie kommt. Jorge sagt, er müsse ihm noch etwas im Vertrauen sagen. Wenn er so als Schlittschuhläufer durch die Straßen laufe, dann solle er das nicht so gebückt tun, sich mehr aufrichten. Das sähe einfach besser aus. Verwundert denkt er sich: ja, aber so laufen doch Eisschnellläufer, die machen sich doch klein, damit sie schneller sind. Da nimmt Jorge ihn in die Arme, in denen er fast verschwand. Er lacht, sieht Jorge von unten herauf an und sagte: »Siehst du, ich bin gar nicht so groß.« Dann steht er allein. Die Marktstände liegen hinter ihm. Vor ihm eine Art Kaianlage, das Wasser plätschert an die Mauern und Bootsstege. Die Sonne liegt auf dem Wasser und er weiß: Das ist New York. Er denkt: Hier bin ich aber weit weg von zu Hause. Und ich habe nicht einmal einen Stadtplan dabei. Dann schaut er sich um, beobachtet das Stadtleben, die Skyline am anderen Ufer. Er fühlt sich geborgen zwischen all den Menschen.

Als er aufwachte, war er glücklich.

# 14

Sie saßen am Tisch in der Küche. Sie hatten noch eine halbe Stunde, bevor sie zum Flughafen mussten. »When are you going on with the renovation?«, fragte Jorge, mit einem Blick auf die Kisten und die halb gestrichene Wand. »Tomorrow?« »I can't believe it.« »Maybe next week.« »Why don't you paint the wall orange? That would be nice« »We don't live in the Seventies anymore.« »Yes, but some colour?« »Blue?« »Like the sky?« »Why not?« »Okay, then blue. I will come next year to see how it works.« »Looking forward to it.«

Es war Zeit zu gehen. Während Jorge die letzten Sachen in seiner Tasche verstaute, packte er Badesachen ein. Er würde den Rest des Tages irgendwo am See verbringen. Vielleicht am Plötzensee, oder er würde einmal zum Flughafensee fahren. Dort war er seit Jahren nicht gewesen.

Als Jorge mit seinem Rucksack auf dem Rücken in der Küchentür stand, hatte er wieder das Gefühl, jetzt müsste jemand ein Foto machen. Aber er zückte nicht das Handy.

Am Flughafen Tegel hatten sie noch Zeit, daher bestellten sie zwei Espressos an einer kleinen Cafébar. Sie hatten auf der Fahrt nicht viel geredet. Jorge schob die silbernen Metalldosen mit Zucker auf dem hellroten Tisch hin und her.

Abschied, das hatte er noch nie richtig gekonnt. Gab es irgendjemanden, der von sich sagt, er könne Abschied? »What will you do, when you are back home?« »Don't know. I have three more days left before I had to go to work again«. Jorge schob weiter die

Zuckerdosen hin und her. Sie schwiegen. Er wollte etwas sagen, er wusste nicht was. »It was nice to meet you« – das klang belanglos. »You changed my life« – das war Kino. Auch wenn es dem, was er fühlte, am nächsten kam, es war nur die halbe Wahrheit. Das meiste, was ihm in den letzten Tagen durch den Kopf gegangen war, hatte nur am Rande mit Jorge zu tun. Dessen Jugend, dessen Unbekümmertheit, dessen Zuversicht hatten in ihm eine Tür aufgemacht. Dafür war er dankbar. Das wollte er sagen, er wusste nicht wie.

Jorge schaute zum Check-in hinüber, an dem sein Flug abgefertigt wurde. Nur noch wenige Menschen standen in der Schlange davor. »Time to go«. Jorge, stand auf, kam um den Tisch herum und nahm ihn in den Arm. »I like to see you again.« »When ever you want come to Berlin, my house is open for you«, und das meinte er auch so. Jorge nickte. »I know. But you, why not coming to Madrid one day?« »I will think about. Who knows – one day.« Jorge grinste. »I don't believe you. You will stay at home and weep in your pillow. But it is okay. I come back to Berlin and save you.« »That is, what you already did«, antwortete er, und jetzt wurden seine Augen feucht und er küsste Jorge schnell, damit der es nicht sah.

Danach nahm Jorge seinen Rucksack und ging auf den Schalter zu, an dem jetzt nur noch eine Frau vor ihm wartete. Er gab den Rucksack auf, drehte sich noch einmal kurz um und winkte, bevor er in der Sicherheitsschleuse verschwand.

Er saß noch einen kleinen Augenblick und schaute auf den nun leeren Schalter. Die Frau dahinter war aufgestanden und stand in einer Ecke im Gespräch mit einer Kollegin. Ein Mitarbeiter der Fluggesellschaft kam vorbei, winkte und verschwand ebenfalls in der Sicherheitsschleuse. Als sich die Milchglastüren hinter ihm wieder schlossen, stand er auf und ging zum Bus.

Es waren wenige Stationen, ein kleines Stück über die Stadtautobahn, dann war er am Kurt-Schumacher-Platz. Dort stieg er in die U-Bahn und fuhr bis zur Station Seidelstraße. Die hieß zwar seit über einem Jahrzehnt nicht mehr so, in seinem Kopf hatte sich allerdings aus irgendeinem Grund der alte Name gehalten. Von dort war es noch eine knappe Viertelstunde zu Fuß, bis er am Flughafensee war. Früher hatten hier alle nackt gebadet. Inzwischen gab es das nicht mehr. Jugendliche in großen Gruppen und Familien lagen auf bunten Badehandtüchern. Manche hatten Liegestühle und Sonnenschirme mitgebracht. Er breitete sein Handtuch auf dem Sand aus. In der Ferne stiegen die Flugzeuge auf.

Das Wasser des Flughafensees war kühl und erfrischend. Er schwamm weit hinaus, drehte sich auf den Rücken und ließ sich eine Weile treiben. Er dachte an die Arbeit. Nachtschicht in der ersten Woche und er würde wieder von zweiundzwanzig Uhr bis sechs Uhr morgens in der großen Halle stehen und die Briefsortieranlage würde rattern. Er kippte wieder Briefe aufs Fließband oder er nähme auf der anderen Seite der Maschine die grauen Schwingen mit den sortierten Briefen heraus, würde sie auf die gelben Wagen stellen. Und wenn am Morgen die Briefe alle sortiert wären, würden am nächsten Abend wieder Wagen mit Briefen dastehen. Und er stellte sich vor, er ginge einfach nicht mehr hin. Sollten andere die Briefe aufs Band kippen. Er schwamm zurück zum Ufer und legte sich auf sein Handtuch.

Er kramte sein Handy aus dem Rucksack, der neben ihm lag. Er wählte Martins Nummer: »Hallo, Schatz!« Martin war fast sofort am Telefon: »Wo bist du, das klingt ja wie im Freibad.« »Ich bin am Flughafensee.« »Ich bin am Teufelssee.« »Wie lustig. Da telefonieren wir von See zu See.« »Was gibt's.« »Du, Martin, sag mal, wenn du nach Neuseeland fährst – nimmst du mich mit?« Am anderen Ende der Leitung quietschte es vor Vergnügen: »Ich hatte mich nicht getraut, dich zu fragen.« »Ich würde gern mit dir fahren. Und du hast recht, ich muss hier auch mal raus. So richtig, nicht nur für vierzehn Tage.«

Er steckte das Telefon wieder in den Rucksack und holte das Stück Kuchen heraus, das er mitgenommen hatte. In einer WG, in der er einmal gewohnt hatte, hing ein Plakat in der Küche, darauf stand: »Wir wollen kein Stück vom Kuchen, wir wollen die ganze Bäckerei.« Einer dieser Spontisprüche, die heute nur noch Zitate aus dem Poesiealbum einer linken Bewegung waren. Viel war passiert seitdem. Doch das Spiel war noch nicht zu Ende.

Er saß auf seinem Handtuch im warmen Sand. Die Sonne brach sich im Wasser, Kinder kreischten, Flugzeuge starteten auf der anderen Seite des Sees. Er war mit sich und der Welt zufrieden. Es war ganz einfach: nicht nur ein Stück vom Kuchen, das war immer noch das was er wollte. Der Hunger war wieder da.

Allen, die dabei waren. Ohne Euch wäre es nicht das geworden was es ist.

Mit besonderem Dank an Jörg Sundermeier und Rainer Rutz für Zu- und Wiederspruch und Uta Brüns für die familiäre Unterstützung.

VERBRECHER VERLAG

Holger Brüns

**DAS ODERBRUCHBUCH**

*Aufzeichnungen aus dem ereignislosen Leben*

Broschur
144 Seiten
14 €

ISBN: 978-3-95732-115-2

Das Oderbruchbuch bietet Geschichte und Geschichten aus einer Landschaft am östlichen Rand Deutschlands. Das Land ist flach, der Himmel hoch. Man ist zu Gast und ist doch mittendrin. Man hat nichts zu tun und ist doch immer beschäftigt. So sitzt man im Garten, zupft Unkraut aus der Rabatte und mäht den Rasen. Die Gedanken gehen auf Reisen, der Mensch bleibt am Ort. Die Blumen im Garten wachsen, die Wildgänse und Kraniche ziehen im Herbst, die Gedanken bleiben hängen und drehen sich um sich selbst. Die Zeit vergeht, die Vergangenheit taucht auf, und die Zukunft kommt näher.